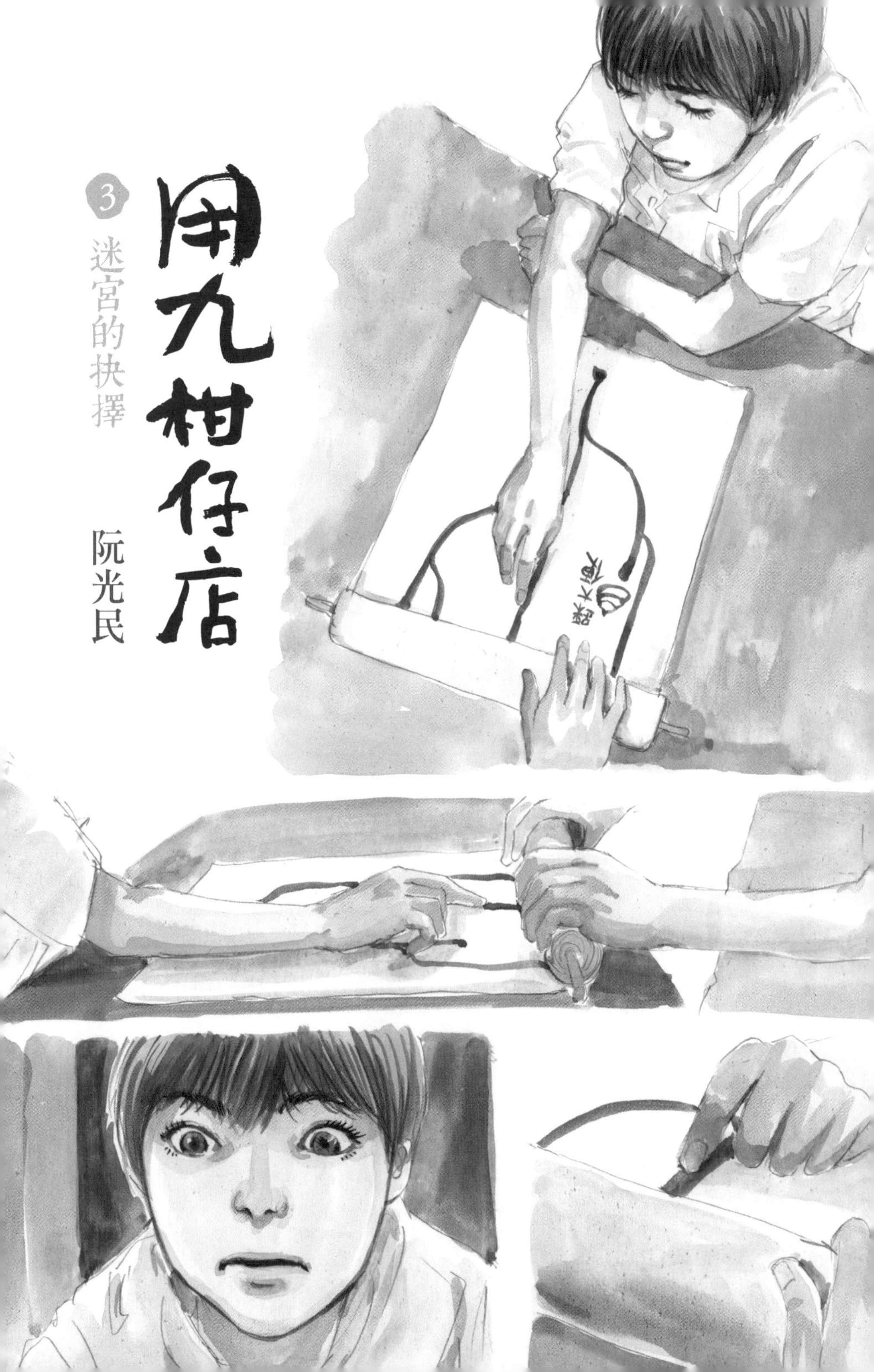
用九柑仔店
3
迷宮的抉擇
阮光民

= 目次 =

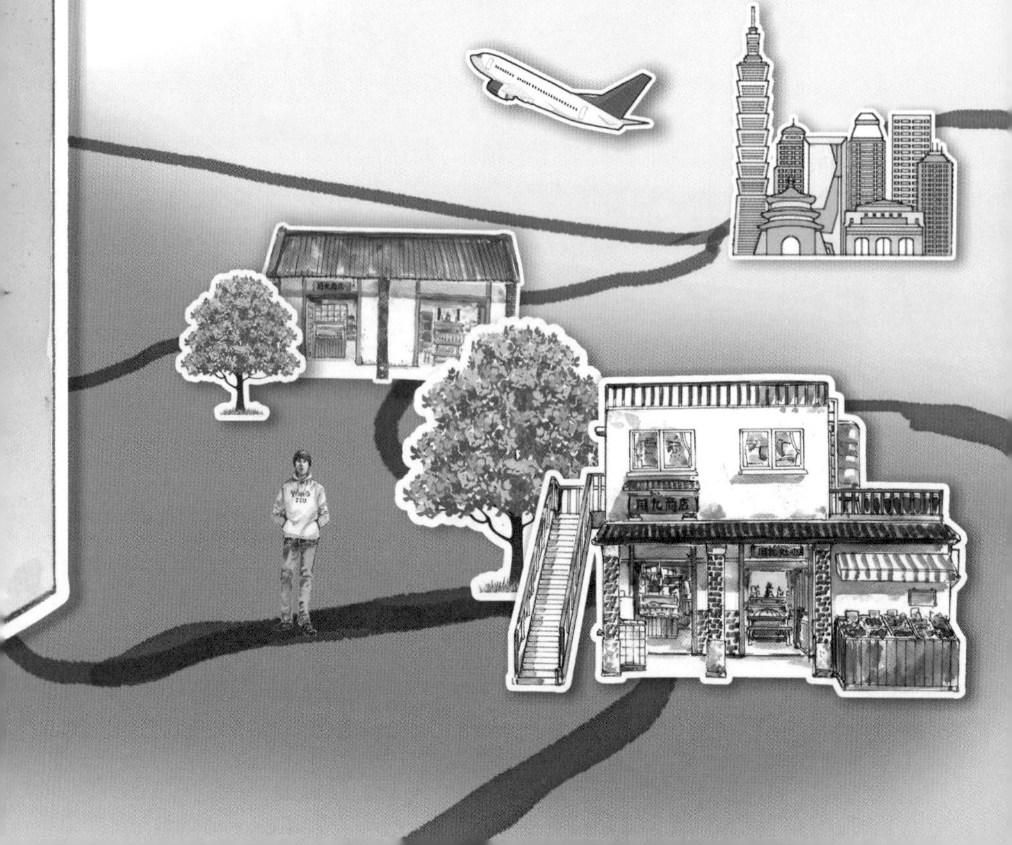

Hypermark

猛
俊龍有空幫我送300元檳榔，一罐阿比，莎莎亞3罐。感恩~
hyperm

第一話。

卷軸迷宮

我們躊躇、却步，不知下一條支流將流向何方。

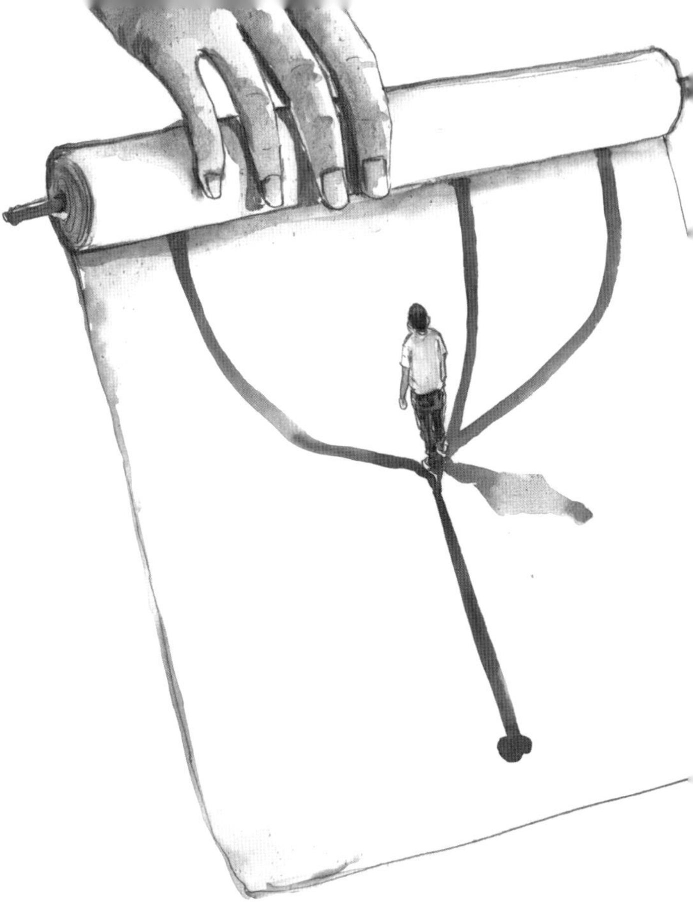

開幕月
全館買一送一
買一千立即成會員
天壽！整個月都買一送一耶！
而且買一千就變會員，以後都九折。
如果不買，太對不起四個孩子了！
它這樣搞，其他家是要怎麼活啊。
用九不妙了，這生意怎麼做……
聽說賣場屬於一家建設集團，跟我們現在蓋的是同一家。
面對財團，俊龍再怎麼拚，恐怕也是蚊子叮牛角。
猛哥！
喔！俊龍！

你要的東西我送來囉。

不好意思，還麻煩你送來。
我等一下去補貨，順路啦。
等我下工再去店仔結帳。
好喔。
唔！阿妙怎麼在這？
阿娥趁寒假回越南看一下，家裡沒人，我就帶來工地。
下工再去找你聊，這個監工很愛靠北。
好！猛哥我走囉。

※靠北：閩南語「哭爸」之俗寫，用來表示糟糕、不滿或遺憾的口頭語。

俊龍，對面開賣場耶，擔心生意吧？
柑仔店怎麼跟賣場拚啊？
俊龍你要撐住用九啊！
幾乎上門的人都會說上兩句，關於用九的話。
我也只能笑笑的把話帶過。
是啊。我也還不知道怎麼辦啊……

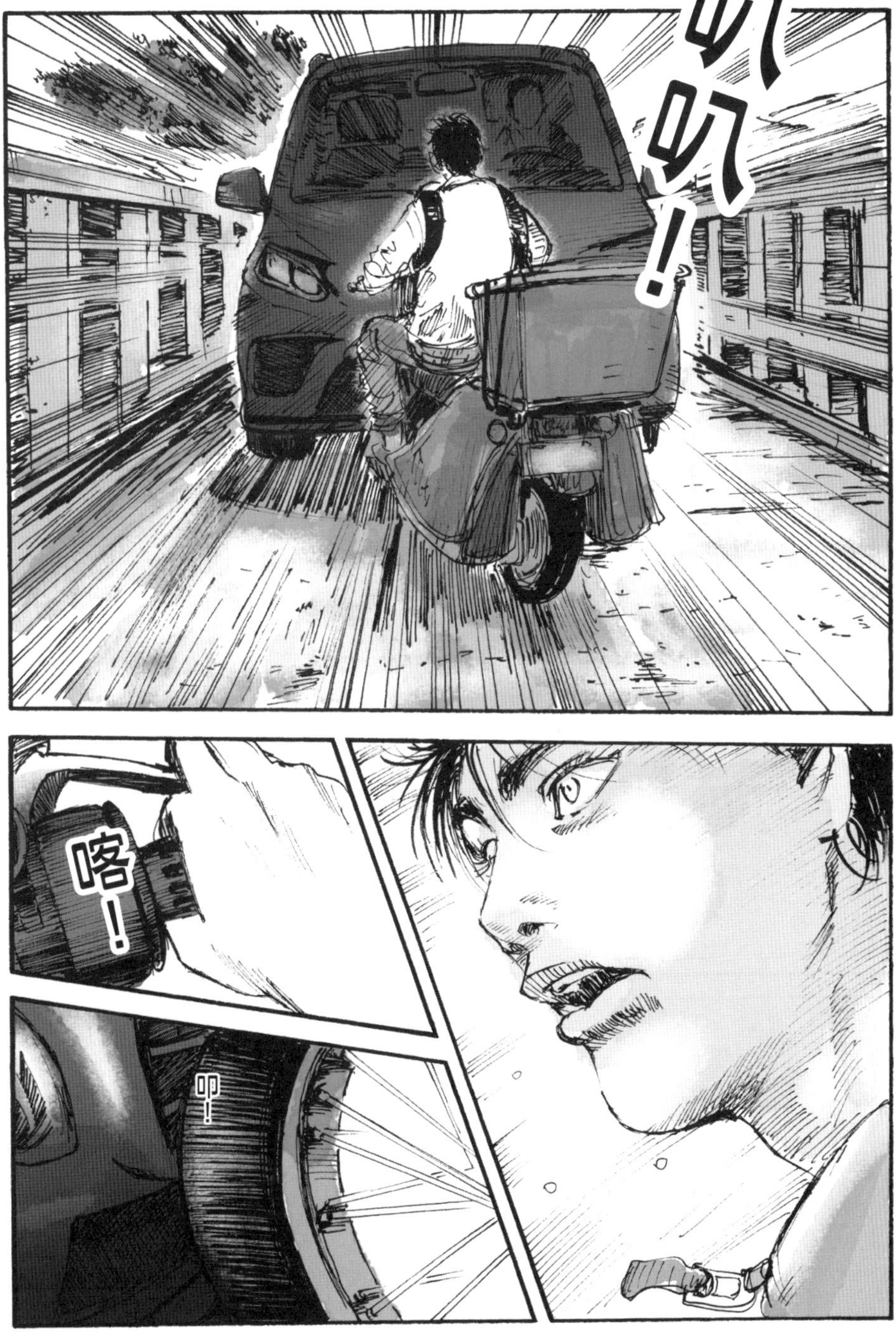
叭叭叭！
喀！
叩！

叭—！
幹！找死啊！閃開啦！

白目！
執行長 你沒事吧？

你慌什麼。就算撞上，要擔心的也是對方。

送我去教堂。
是！
十年了，這條路都沒變。
要是我就跟他對堵！
俊龍你太古意了！

好啦——勇伯我知道啦。
我是很認真的在跟你說。
你的確很用心在做。
但是，你真的要再用點力……
用九商店
你自己看……

對面開的是一間吃人的「金魅」啊！
※金魅：相傳是會吃人的妖怪，奉養金魅的人家固然能獲得利益，但最後還是會遭到報應。日本時代的《民俗臺灣》雜誌裡有關於金魅傳說的記載。

可是我看你一副無要無緊的樣子就很氣！
萬一用九倒的話……
勇伯！
先吃飯吧，我酒倒好囉。酒氣蒸發就不好了。
好！吃飯！
昭君最懂事了。
謝謝救援。
好說。
吃飯吧——
俊龍啊！

施工勿近
嘿嘿嘿！大豐收！大豐收啊！
我果然是種菜天才！以後叫我神農芬！
神農才不會怕菜蟲咧——
菜很漂亮耶。
菜如其人。
一起吃飯吧。
唉喲！這怎麼好意思！
別枵鬼假細膩了——
喝一杯慶祝收成吧。
公告
本路段將於二月一日至二月二十九日實施道路擴寬工程。
造成不便，敬請見諒。
養護工程部
你先倒，我去廟口叫阿公。
阿芬的豐收，是這陣子唯一值得開心的事吧。

※枵鬼假細膩：閩南語，指明明很貪吃卻假裝客氣。

搞定！
謝謝師傅，一百元對吧。
沒錯。
不過先扣掉爽身粉的錢。
來，看一下。
帥氣逼死人。
喔喔！有帥，有帥。

唔！
阿公你好走在流行的尖端喔！
你要不要順便剪一剪？
不用啦。
你是四處剪髮嗎？
顧店顧到有點悶了。
理髮
出來邊旅遊邊看哪有需要，加減賺點旅費。
走囉，有緣再相會。
有去基隆玩，再來我店裡坐。

回收
幫忙把回收整理好，明天去用九玩。
耶！那可以看卡通嗎？
好喔，那先把功課寫完。
唔？請問有……

如果在路上遇見一定認不出來。
謝謝你常寄物資和捐款回來。
恩沛，真的很謝謝你。
不用謝。我的命是你撿回來的，以後缺什麼您盡管開口。
神只是借助我的手。
老實說，今天看到你這麼有成就，
我還滿得意的！哈哈哈！
你立業了，成家了嗎？
……神父

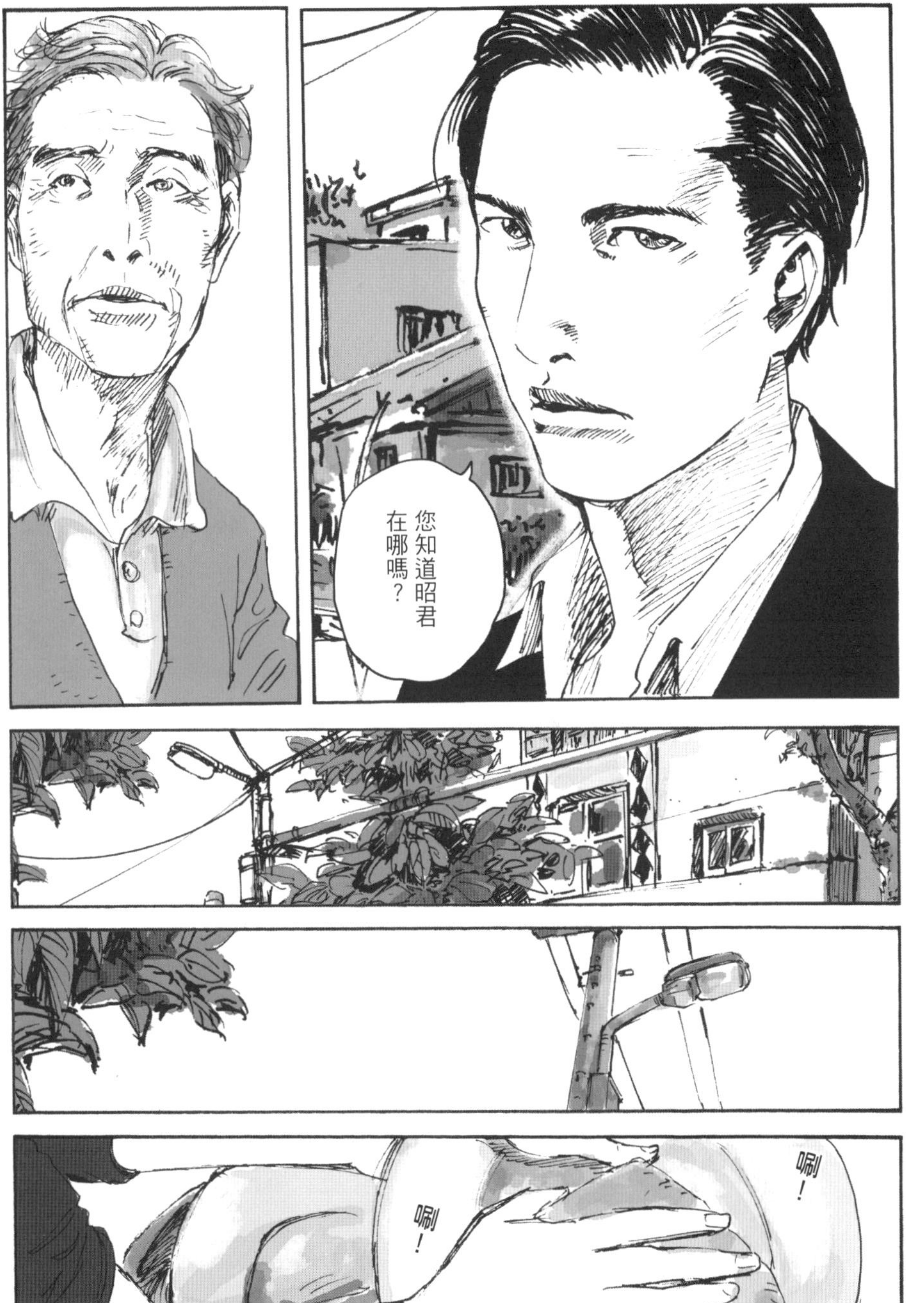
您知道昭君在哪嗎？
唰！
唰！

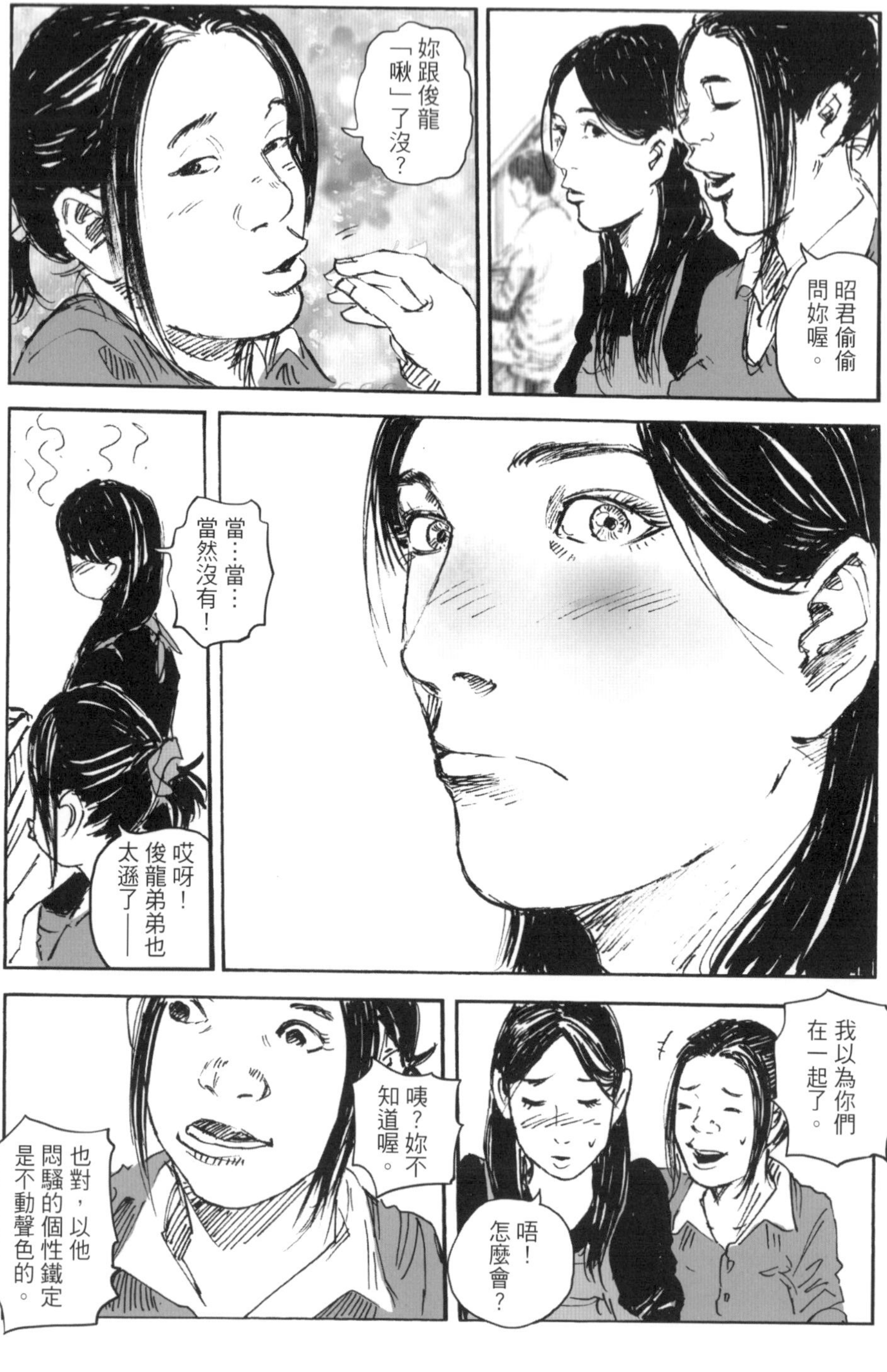
昭君偷偷問妳喔。
妳跟俊龍「啾」了沒？
當…當…當然沒有！
哎呀！俊龍弟弟也太遜了——
我以為你們在一起了。
唔！怎麼會？
咦？妳不知道喔。
也對，以他悶騷的個性鐵定是不動聲色的。

我也是聽來的，妳現在租的套房是他找的。
上次颱風過後他就默默四處留意了。
找到後他先跟房東預定，補了些家具。
弄好再跟妳說有空套房出租。
但是我覺得妳搬出來是好的，
妳不覺得回那個家都跟過平交道一樣，
沒注意停看聽就發生擦撞。
我覺得妳來用九之後變了。
以前我不太敢這樣跟妳並肩聊天。
感覺妳像是走在獨木橋上，身邊容不下人。

最近覺得妳有
把橋面加寬了。

這樣的昭君，
真的很好。

偷偷跟妳說，俊龍他……
哈！
……
大鼻芬一定又再說我以前的糗事……
他當場就哭了。
哈哈！好可愛！
下週她生日……
俊龍，有事跟你商量……
杜財叔。
實在不知如何啟齒……

杜財把酒全部退了啊——
嗯！他一直道歉，我都不好意思了……
呵呵！沒關係。
TAIWAN BEER CLASSIC
台灣啤酒
CLASSIC
ORIGINAL BREWING RECIPE
一樣的啤酒對面賣半價，是我也會選便宜的。

怎麼辦？因為杜財叔訂，我才買這麼多。
我看能不能退貨。
不過你讓他退貨並沒有不對。當作學經驗。
公賣局是不能退的，萬一有人退貨裝假酒怎麼辦。
我咧！我以為可以退訂！
臨時退貨確實有些無理，以後一定還會有類似情況。
但，所有物價都有漲有跌，人情損到就難回來。
做所有生意前都要斟酌一下。

做生意很難，
但是也單純，
彼此都是在斟酌
需要跟甘願。
我們顧好品質，
再來只要彼此
打從心裡甘願，
生意自然單純了。
喔！
但是這麼
多箱……
阿公你
以前怎麼
處理啊？

啤酒有半年的期限。
我以前是轉賣其他商行或問一下海產店之類的。
你爸那時也弄了幾箱去工廠請工人喝。
我好像有印象。
不過你可以想其他方法。
你的見聞比我的經驗新很多。
經驗確實能提供安全的路，
但也會限制人找新的路。你可以多想些方法試驗。
經驗當作是最後底牌。
我和你爸這兩個世代算幸運。

那時候，世界沒有你這一代變化得那麼快。
我們有時間可以慢慢思考應變。
阿勇說裝了什麼VR，要不要去看看？
好啊。
老身我先逃啦，留給你去傷腦筋吧。
嗯！
勇伯果然是遊戲王，從街機玩到VR了……

靠！二十箱耶！一箱24罐。
會喝死人耶！
又沒叫你喝。
你怎麼笨到讓他全退啦！
台湾啤酒 TAIWAN BEER
他就說現在辦桌的利潤跟單子都少了很多……
都怪對面那家特價！
你自己還不是在對面買。
靠北！吐槽我你很爽哩！你不要喝！
我喝完再吐還給你！
啊！賤忠！
嗝——俊龍啊。

削價的狀況以後一定會常發生。
用九這方面完全沒半點優勢。
我清楚啊，其實很多產業都面臨轉型的問題。
唉——總覺得路上霧茫茫的。
總覺得現在像是被趨勢押著走才能存活。感覺很變態啊。
像我阿爸的手機不得不從以前的2G轉成4G……
從以前的觀落陰到現在的VR實境。
靠！這什麼爛比喻啦！
哈哈！這個有梗。

一定能找到有別於趨勢的路。
因為柑仔店不是用感應門在招呼上門的顧客。
叮咚！
LINE
您有新訊息
關閉
顯示
歹勢，鳳玉時間，我先浪港了！
我也該回家了。
啤酒的事，我再問問開火鍋店的朋友。
好喔！慢走不送。

※浪港：閩南語「落跑、偷溜或逃走」之意。

其實你不用陪我走回家。
唔！
你忙一整天也累了，而且晚上又冷。
呃！沒關係，來回也才十分鐘。可以順便討論事情……

前幾次送她回租屋處，
我用的是，讓她熟悉路線當理由。
之後是用討論事情。
但，根本不是這樣。
有時只是靜靜的散步。
有時會聊個幾句。
陪她回去的路程約五分鐘，
會經過三盞路燈。
我會趁影子快交疊時
加大步伐踩她的影子，
但其實，是她的影子覆蓋在我之上。

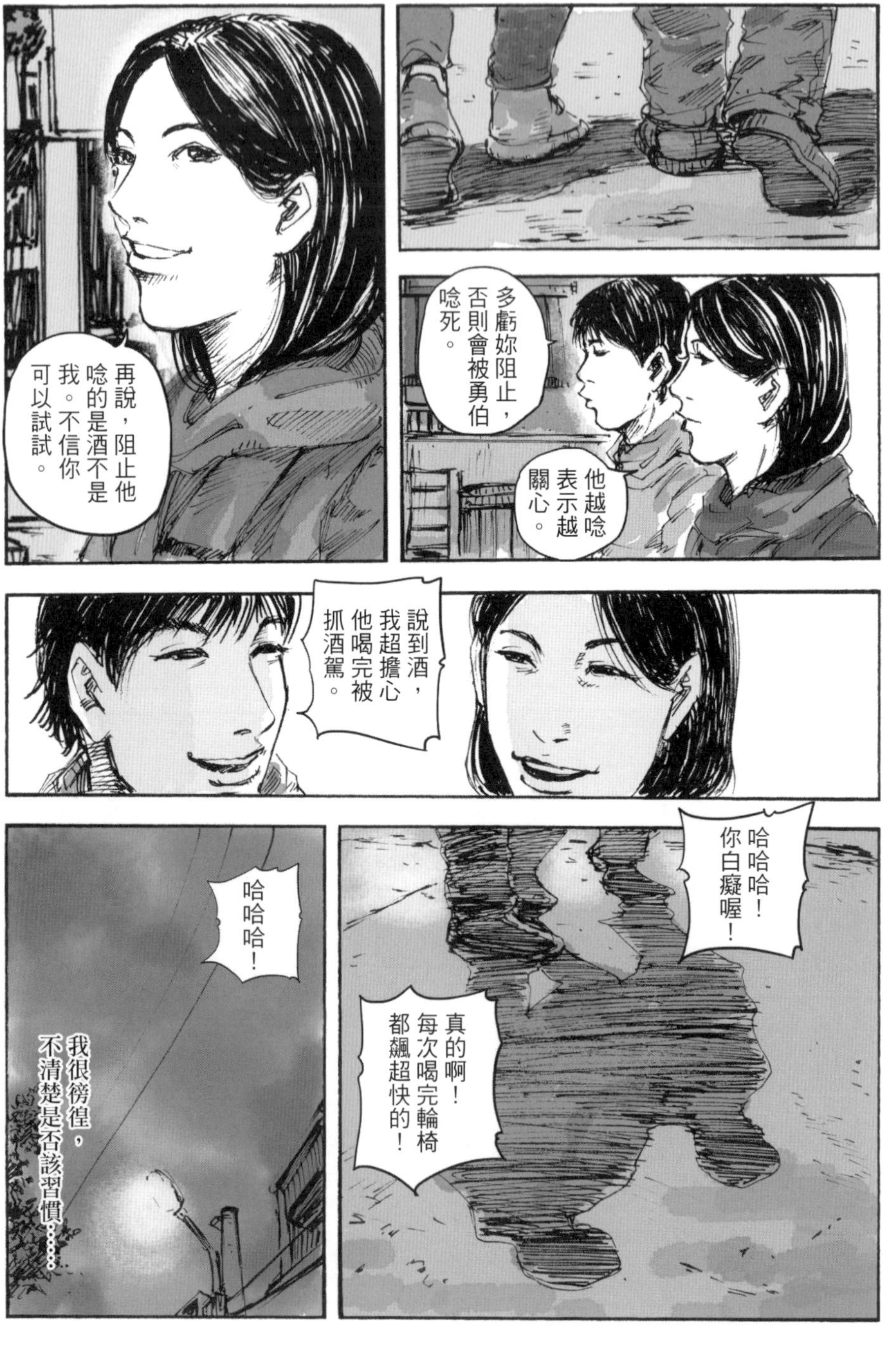
多虧妳阻止，否則會被勇伯唸死。
他越唸表示越關心。
再說，阻止他唸的是酒不是我。不信你可以試試。
說到酒，我超擔心他喝完被抓酒駕。
哈哈哈！你白癡喔！
真的啊！每次喝完輪椅都飆超快的！
哈哈哈！
我很徬徨，不清楚是否該習慣……

如阿芬形容，
我是走在獨木橋上的人。
連轉身的距離都沒留。
多年來已經習慣一個人走，
現在卻會有點害怕適應身旁有人。
當人處在孤獨之中，
不會感到孤獨傷人。
如同黑暗中，
人不會提醒自己還有影子。

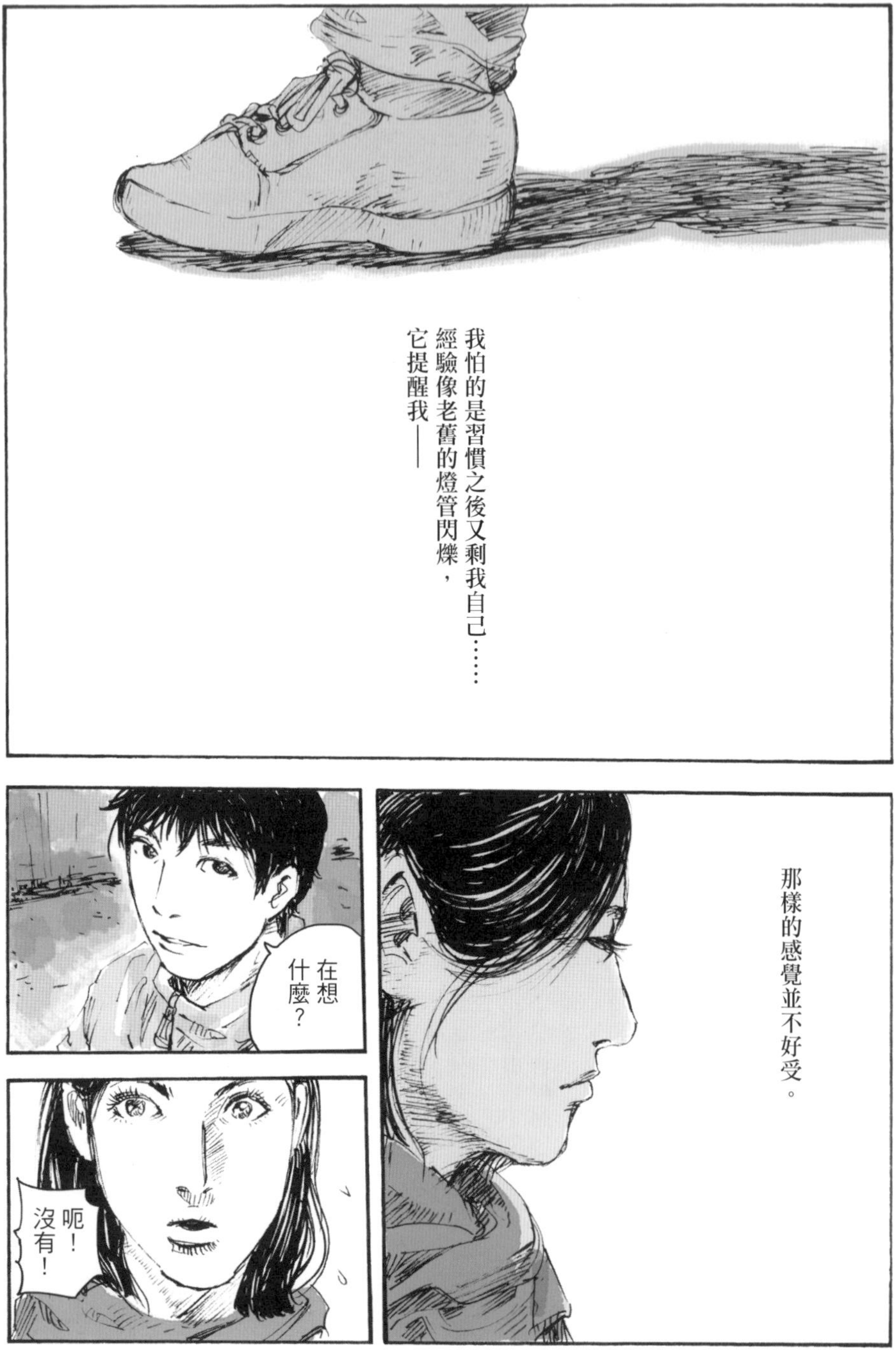
我怕的是習慣之後又剩我自己……
經驗像老舊的燈管閃爍，
它提醒我——
那樣的感覺並不好受。
在想什麼？
呃！沒有！

到家囉。
晚安，明天見。
晚安，明天見。

我盡力在掩飾了。
她應該沒察覺到
我的徬徨吧。

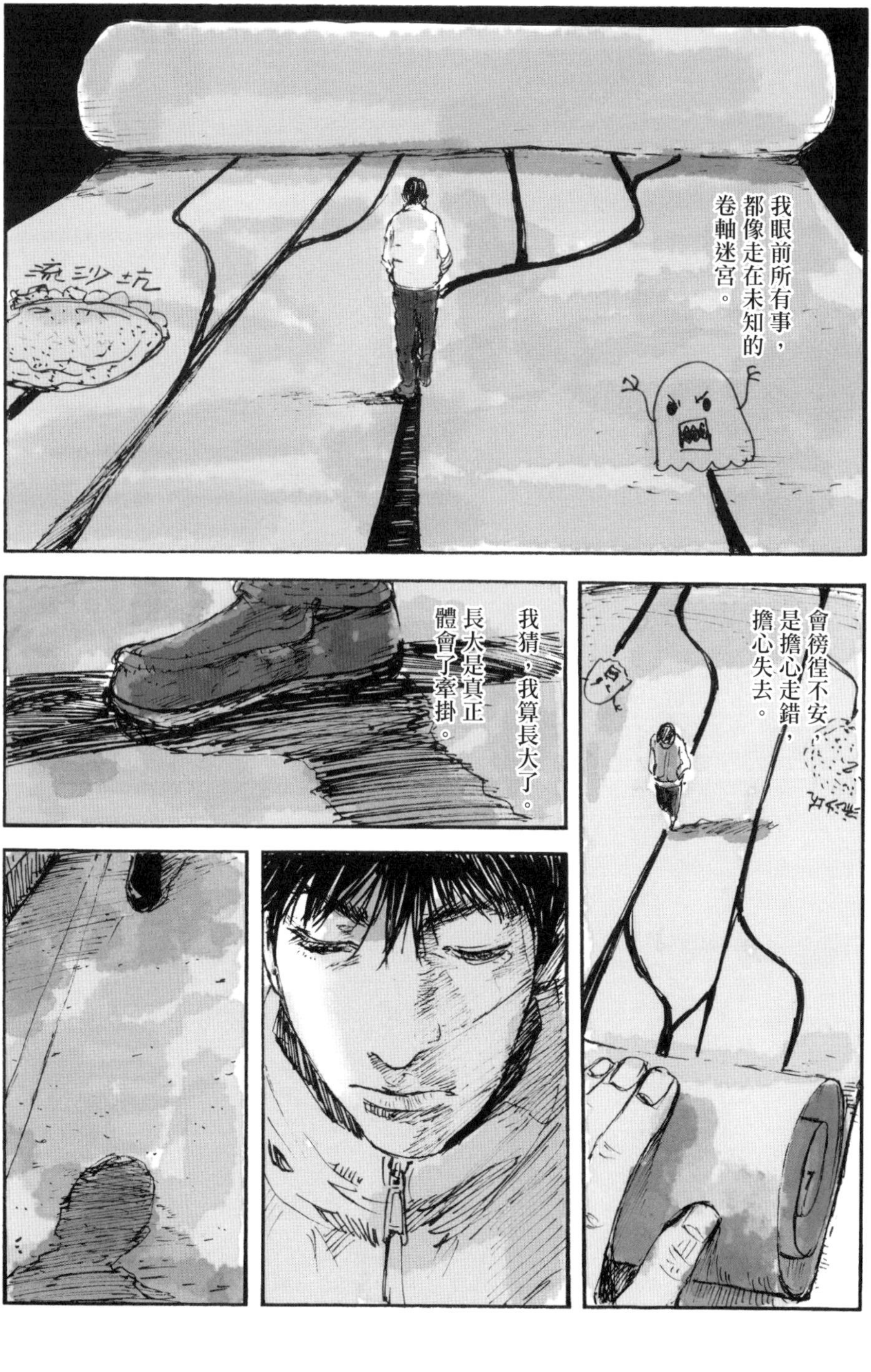
我眼前所有事，都像走在未知的卷軸迷宮。
流沙坑
會徬徨不安，是擔心走錯，擔心失去。
我猜，我算長大了。長大是真正體會了牽掛。

用九商店

第二話。

用九柑仔車

柑仔店並不齊全，但或許可以盡量做到周全。

※澎派：閩南語「豐沛」之俗寫，意指菜餚豐盛。

可以準備開飯了。
我不知道昭君手藝這麼好耶！
每次來用九有吃又有玩的。我擔心他們常吵著要來啊。
神父請務必常帶他們來，他們在老人就感到充滿活力。

阿公、神父你們先坐，我去叫他們。
啊哈！小翰你的屁股露出來了！抓！
啊！可惡！
呼！
呼呼！！
啊！
不妙！

耶!踢到了!
戰術成功!
好強喔!
噹!

啊！
俊龍叔叔好厲害！
叔叔有練過咩—
兩金叔叔繼續當鬼！
嘖！又是聲東擊西……
誰叫你從小到大都顧前不顧後的。
喂！吃飯囉。
耶！吃飯。
好！
下午教他們玩「過五關」。
叫阿忠吧，我累了。
哈！當鬼當的很累吼——

啊！廟公你偷夾我的雞翅！
哪有！它們自己飛過來的喲——
我聽你在唬爛！
吼！神父說講髒話要罰洗碗。
在笑什麼？
沒……

冬天，
沒有人會排斥擠在一起。
像電鍋裡的飯，
因為溫度冒出熱呼呼的蒸氣。
吃飯吧。
喂！你們可以不要那麼有默契嗎——
多嘴耶！吃你的飯啦！

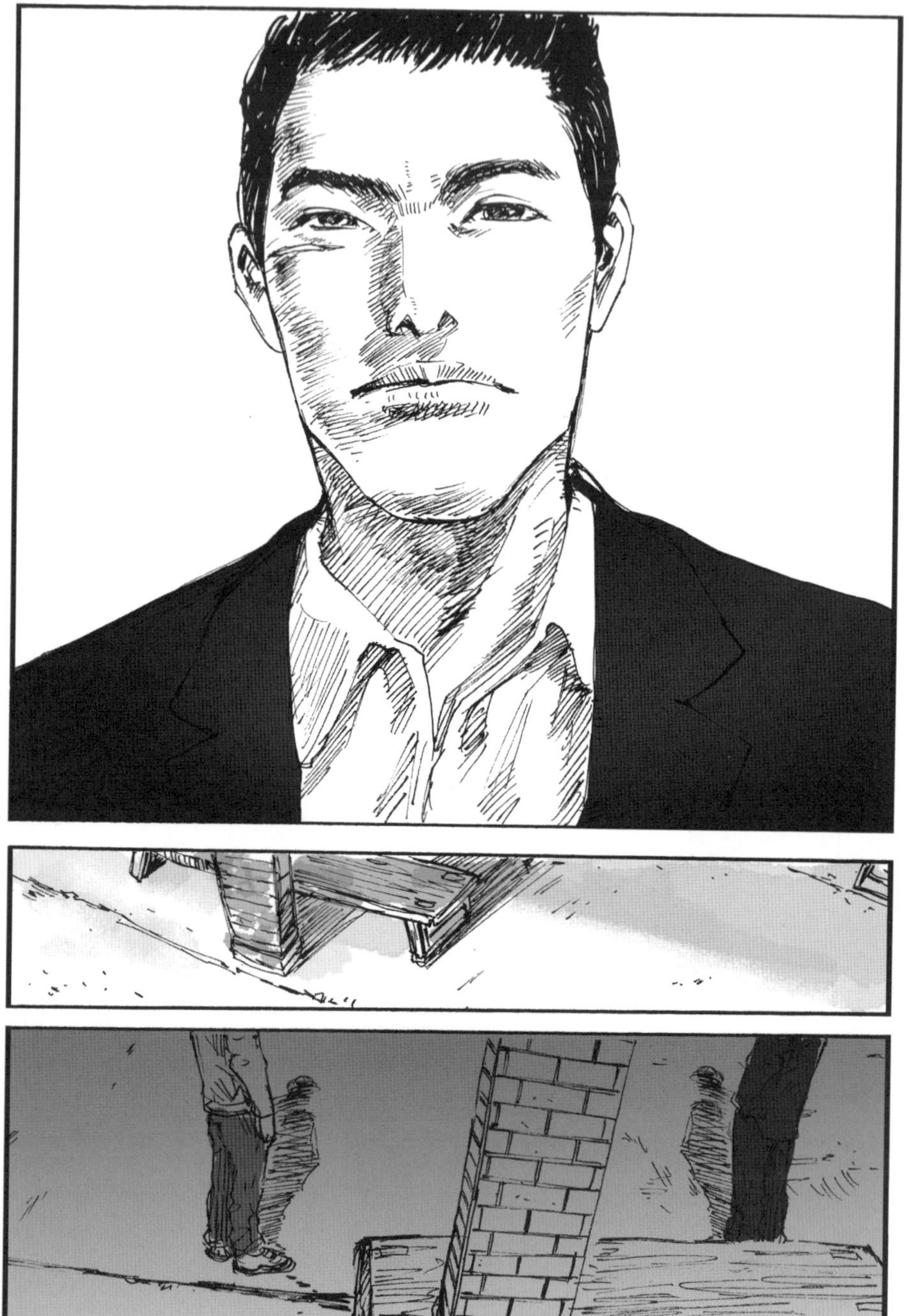

哎呀！椅條被達摩佔走了……
你拿凳子坐一下。
我去倒薑茶。

呼——
你認識這個流浪漢？
要不是因為開路被拆，他也不會變成這樣。
他不是流浪漢，他之前住在路口的廢棄鐵皮屋。
城鄉發展是必然的，這是太安於現狀的結果。
楊俊龍。我聽過你……

我從你前老闆口中得知。他說有一個和我同鄉的年輕人很優秀，
完成很多老屋新建的計畫。原先要提拔他當區經理，卻遞了辭呈。
哈！前老闆說話總是誇大，聽聽就好。
……
我就直說吧。

我願意高價收購用九。我計畫建設這一區。
你可以到我旗下幫我拓展，或者負責打理新建的商場。

我有料到，有一天會有人上門談。
畢竟我也做過這樣的工作。
怎麼算，你的提議都是最好的選擇。但我必須拒絕。
我並不排斥發展，但是慢慢體會到在發展過程中，我仍想留下些什麼。
這些賣相不好的薑是我在路邊買的。
那個阿姨在等賣完就回家吧！？反正我也需要補貨

少年仔你識貨！薑就是挑這種要死不活的最好！
為什麼要死不活……
我完全沒用藥，這些薑都是打贏病蟲害沒死的，充滿抵抗力喔。
阿桑不會騙你，我的地就在我身後，有問題隨時來找我。
接著她跟我說土地種了一年的薑後需要養地三年以上……
提醒我最好避免午時吃，因為血管擴張會影響心臟跟肝的休息。
從料理方法聊到體內的五行。哈哈！
我當時有點體會到阿公所說的「交關」，它除了解釋成買賣，
還有金錢之外的智慧、經驗與知識的無形交換。

你不覺得很詭異嗎？銷售越來越強調人性，卻讓人越來越不互相接觸了。
我想保留柑仔店，我真的很喜歡這種不是純粹只做買賣的模式。

我們吵醒你囉。
我起來上廁所啦。
你怎麼沒請客人到裡面坐？
我也該走了，謝謝你的薑茶。
我要買沙士糖。
金柑糖
沙士糖 1元
黑糖麥芽餅
他整罐買走耶，有這麼愛吃嗎？
你小時候不也把整桶小果凍吃光。
哪有！我有分給阿忠他們。

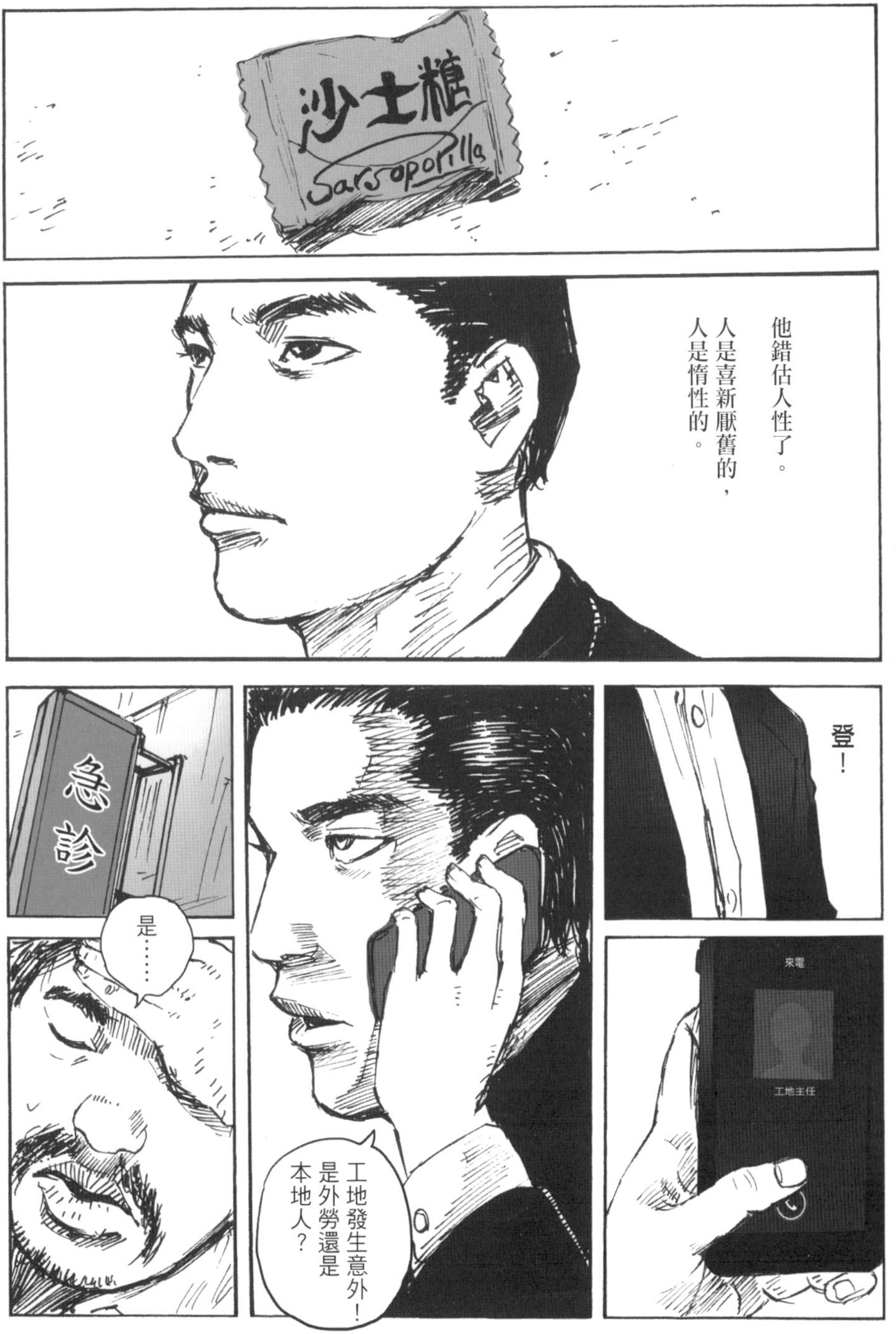
沙士糖
Sarsoporilla
他錯估人性了。
人是喜新厭舊的，
人是惰性的。
登！
來電
工地主任
工地發生意外！
是外勞還是
本地人？
急診
是……

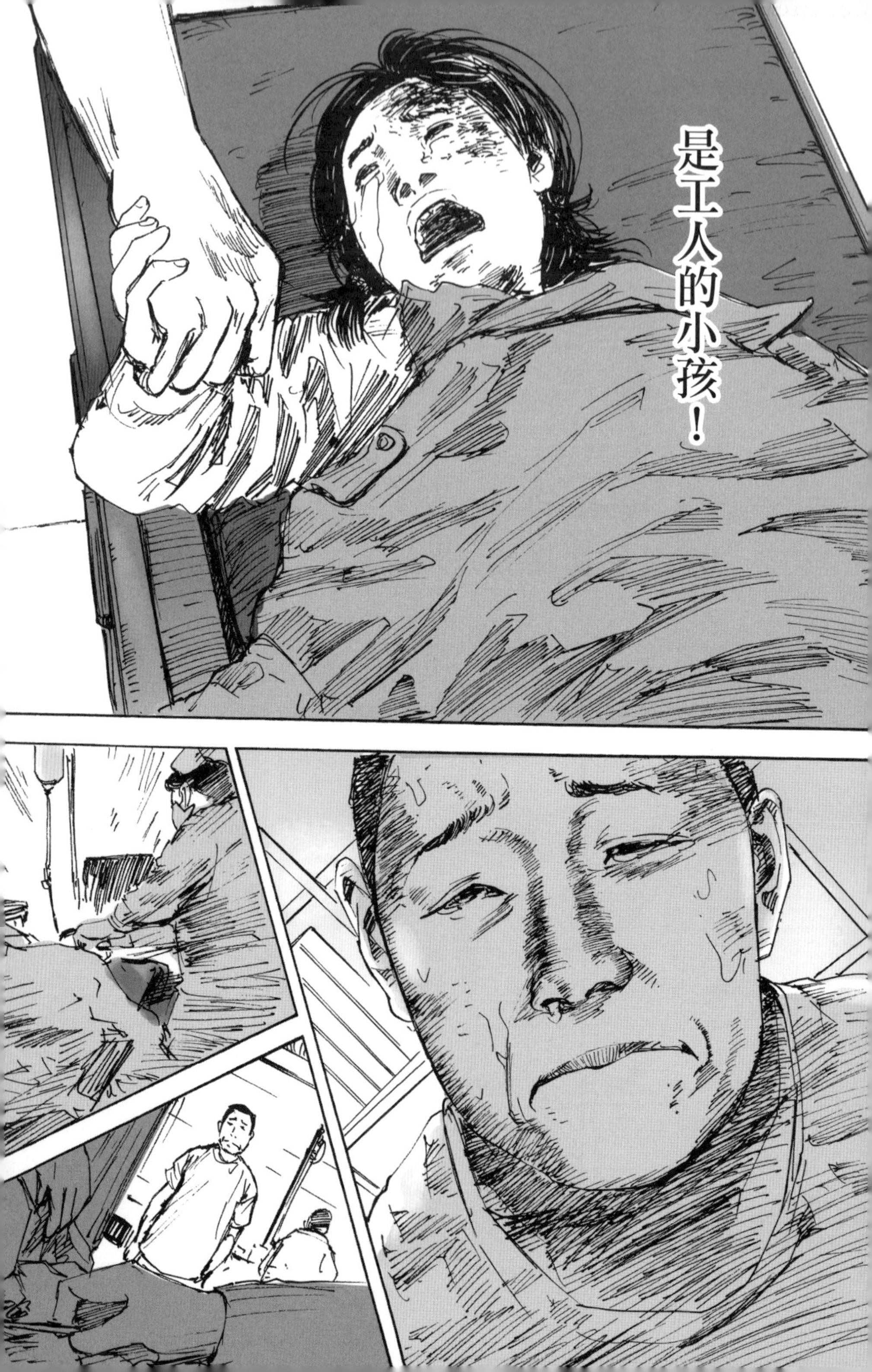
是工人的小孩！

已經動工開挖了啊。
嘖!這樣進出超不方便的!
阿忠你幹麼送瓦斯啊?吃飽太閒喔。
時機不好,加減賺啊!
我有家人要養耶,哪像你羅漢腳。
你們知道阿猛的女兒在工地受傷的事嗎?

傷勢嚴重嗎？
辣椒醬
傷到頭，希望不會留疤。我早勸他不要帶去……可是又不能把小孩丟在家。無奈——
你弄一個安親班啦。
教他們修機車喔——北七！
俊龍，幫我試一下味道。
看這燒肉有沒有入味。
昭君！試吃是我的本行耶，裝潢是副業。
哈！
喂！你別都吃光哦！

喔喔喔！好好吃捏！
昭君妳實在太厲害了。這一道可以當招牌了。
哈！你好捧場！
有啤酒香味。
兩金厲害，我的確有把啤酒加進去燜。
庫存太多，有些快過期的賣不掉，我就拿來做料理。
很可以耶——啤酒料理！
喂！你們兩個別再吃了！
老師晚上在這用餐嗎？
好的，麻煩妳了。

那我去準備，老師再坐一下。
等生日那晚再拿給她好了。
俊龍。
有時間嗎？我有事想跟你商量一下。

我想跟你借二樓開課，圖書館畢竟是公用，不方便。
你想開課，當然沒問題啊！
本來我也有這個想法，只是不好意思開口。
我先準備教材。

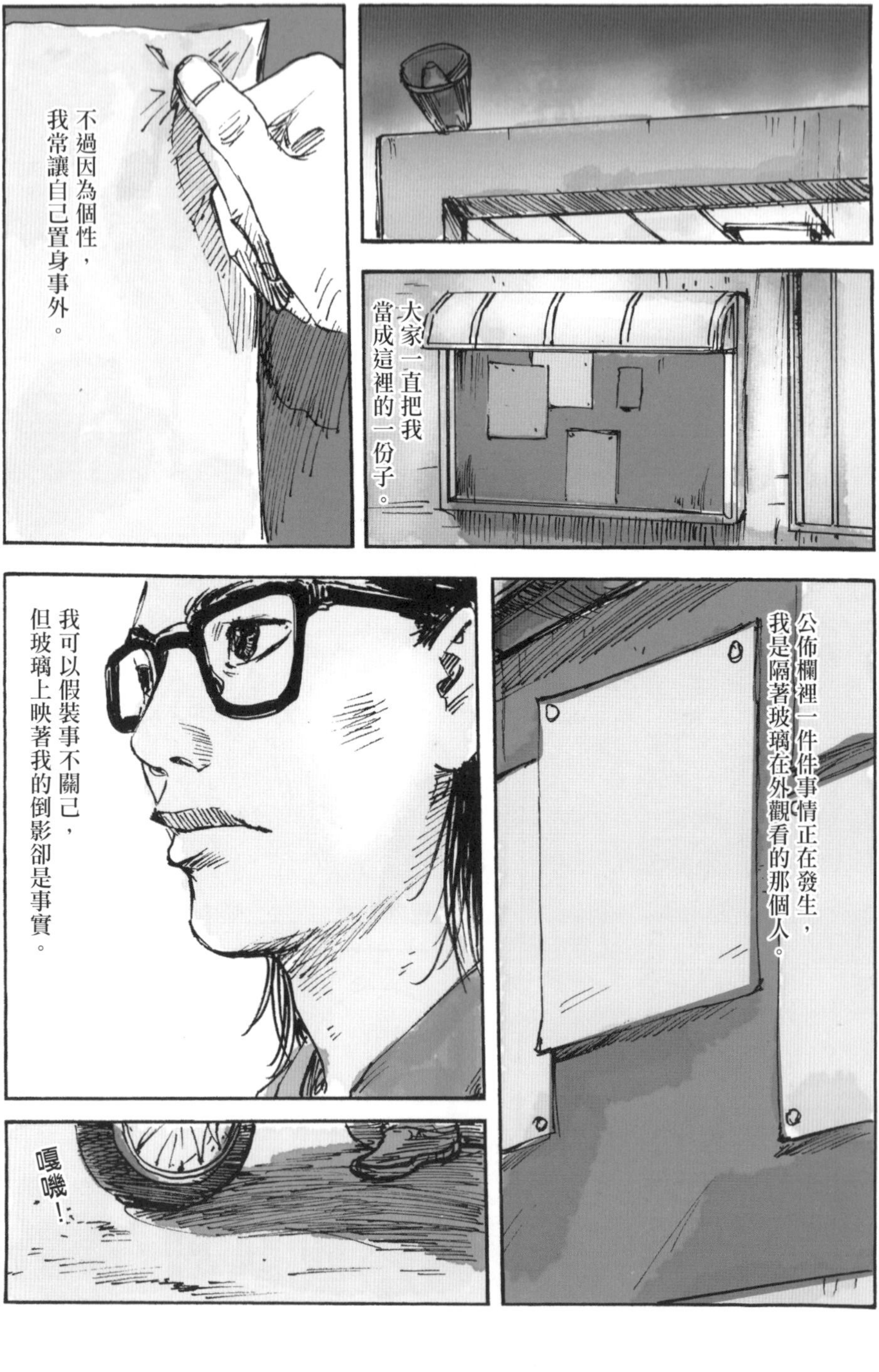
大家一直把我
當成這裡的一份子。
不過因為個性，
我常讓自己置身事外。
公佈欄裡一件件事情正在發生，
我是隔著玻璃在外觀看的那個人。
我可以假裝事不關己，
但玻璃上映著我的倒影卻是事實。
嘎嘰！

春樹哥，我來還書囉。
放桌上就可以了。
哈！你要開課了啊！
那些補習班要哭哭了！
呼！
不管他們之前怎麼邀，你都不肯。
是誰說動你的？
我說過書的價值在於被翻閱，而我似乎和被當成擺飾的書沒兩樣。
我可以加入嗎？
我來想一些小遊戲，你就不用一直講課！
你的喉嚨不是講課講到長繭了。
唔！

蝸牛老師
國中小課後輔導
寒假招生
請洽用九商店
或圖書館
天國近了
嘖！數字又對不起來……
鳳玉，我先下班囉。
好的！明天見。
呼！
是不是越往北工作量就越增加啊……

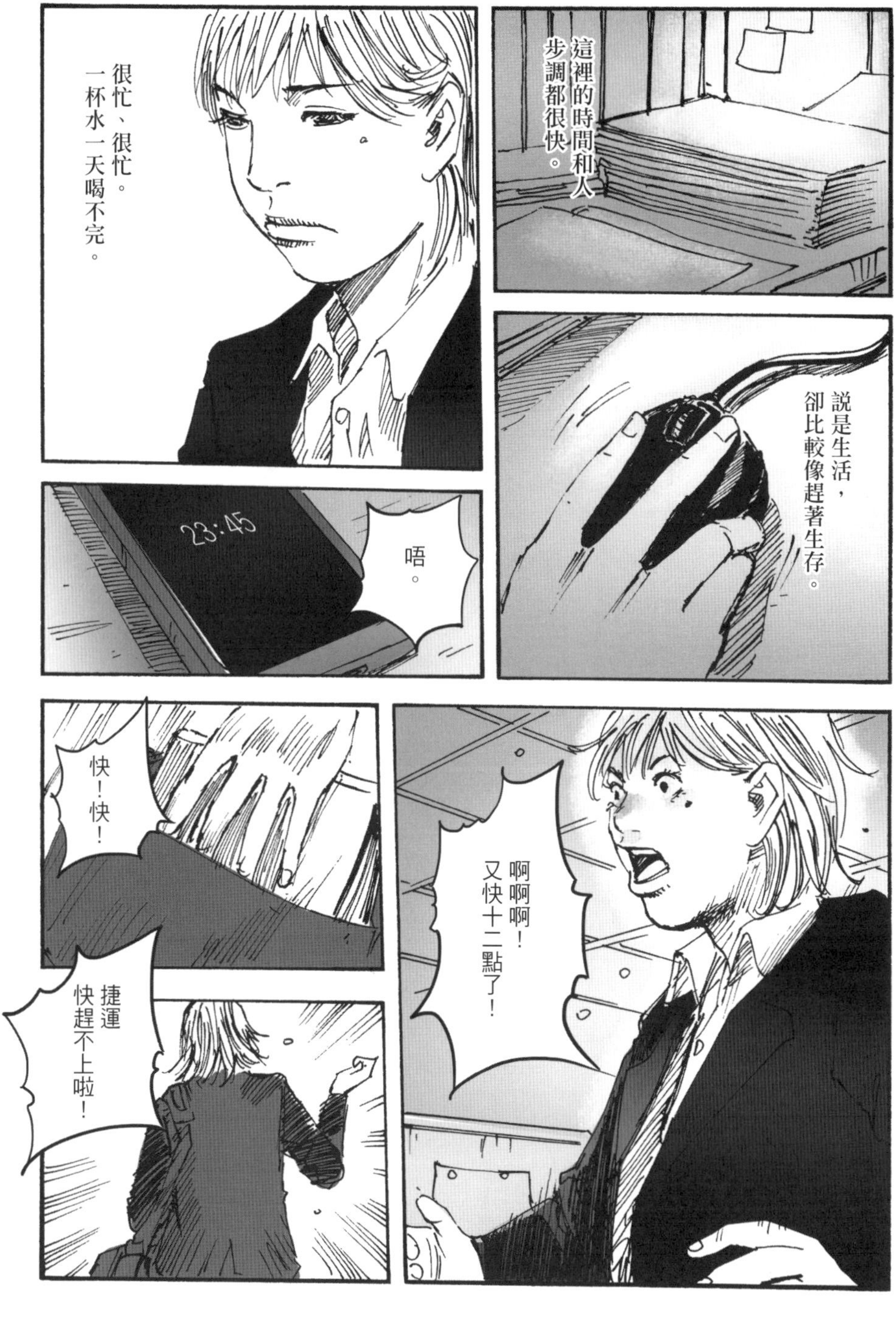
這裡的時間和人步調都很快。
很忙、很忙。一杯水一天喝不完。
說是生活，卻比較像趕著生存。
唔。
23:45
啊啊啊！又快十二點了！
快！快！
捷運快趕不上啦！

呼！
嘟！
呼啊！
呼！
我明明是ＯＬ，為何搞得像田徑選手啊！
呼呼！
呼呼！
呼啊！
呼！

可惡……
哎呀，又晚了一步……
哈！鳳玉，妳也沒趕上呀。
組長！
抱歉，妳被我的企劃給拖累了吧。
你也是跟著我們忙到現在。
前輩們都說你是身先士卒的好主管。
哈！他們太誇張了。
我是怕沒一起加班會被他們揍。
我們分攤車資吧。

組長是古坑人，
我總感到很親切沒距離，
我猜只是因為
自己身處在陌生的地方吧。
打了五通
都沒接，
睡著了吧。

開市大吉
你確定這方法可行？
沒試過，我哪知道啊？
凡事總得有個開頭。

用九
柑仔店
調味料
乾貨
蔬果
日常用品
開市大吉
我大多帶不會變質的，把吃的和用的分開放。
民生用品
調味類
蔬菜類的我不會備太多，看情況調整。
飲料，糖果隨時可以去賣場補貨，機動性大一點。
罐頭
辣椒
薑

你怎麼會想到用九行動車？
開店大多時間都在等有需要的客人上門，或許我也可以主動地把需要送上門。
用九
我想很多年長者礙於體力和交通工具都比較少出門。如果只走兩步路就能購買，我猜他們會樂意吧。
還記得國中圍牆外的餐車嗎？
哈！我記得！
練完田徑我們就餓了，也懶得去福利社。
點了餐，他就用晾衣桿把東西送進來。
從柑仔店不變的價值當中，找些新的小變通吧。

我們的貨品一定
比不上賣場齊全。
所以我們對於人
這一部分就盡量
周全。
呵呵！
滿不錯的嘛
你。

阿德，你不用擔心是你和店綁住俊龍了。
他是真的投入在把用九延續下去啊。
我早跟你說你的煩惱是多餘的。
大家過來拍照吧。勇伯買了空拍機喔！
哇！這麼酷。
昭君，來呀。

用九
喀!

竟然趁我大便時拍了！
我也有投資耶！我也要合照啦！
你自拍就好了啦——
妳媽的欠款也該清一清了
欠債還錢，天經地義！
妳怎麼了？臉色不太好。
沒事！
可能有點小感冒吧。

神父不在？
他說很快就回來了。
電池回收
好，我等一下。

鑰匙妳還留著嗎？

我們很多的過去，都鎖在裡面。

第三話。

月曆上的小點

不起眼的小點，是顆細微的種子。

吸！
好冷～
果真如老人說的，冬天的風是扁的。
包再密，風還是鑽得進去。
有廟又有大樹，照理講會有人潮啊。
天氣太冷了吧？或者我該學菜車一樣，放江蕙的歌吸引人來。

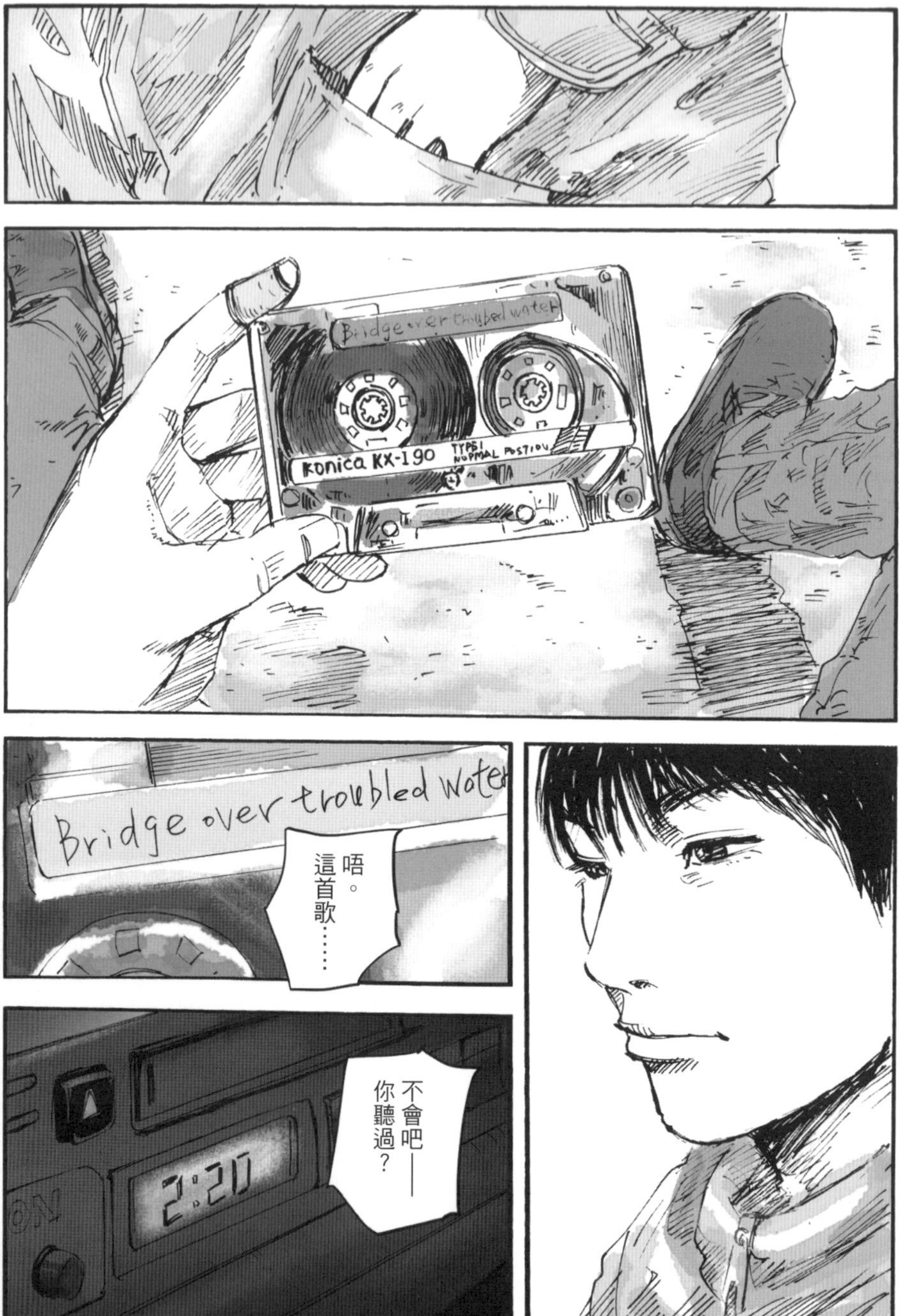
Bridge over troubled water
Konica KX-190
TYPE I NORMAL POSITION
Bridge over troubled water
唔。
這首歌……
2:20
不會吧——
你聽過？

如果是The Sound of Silence，我還不訝異。
那首倒是常聽到。〈惡水上的大橋〉是我爸以前常放。
家裡有台歌林黑膠的音響，我爸說那是他大兒子，我排第二。
他除了會放唱片來聽，喝了酒興致一來，也會坐在板凳上自彈自唱。我媽老笑他唱的台語腔版本……
……沒聽到這首歌
我就連結不到這些記憶了……

那把吉他，
仍放在衣櫥上。
小時候，我拿不到，
長大了，卻不大願意去碰觸。
這捲錄音帶是
神父給我的。
當時神父剛到這
落腳，鄉下幾乎
沒有外國人……
他是我爸爸吧……
他是不是回來找我的？

我常躲著偷偷看他。
他的髮色和我一樣
是桑葚的深紅……
眼睛是
淺咖啡的彈珠……

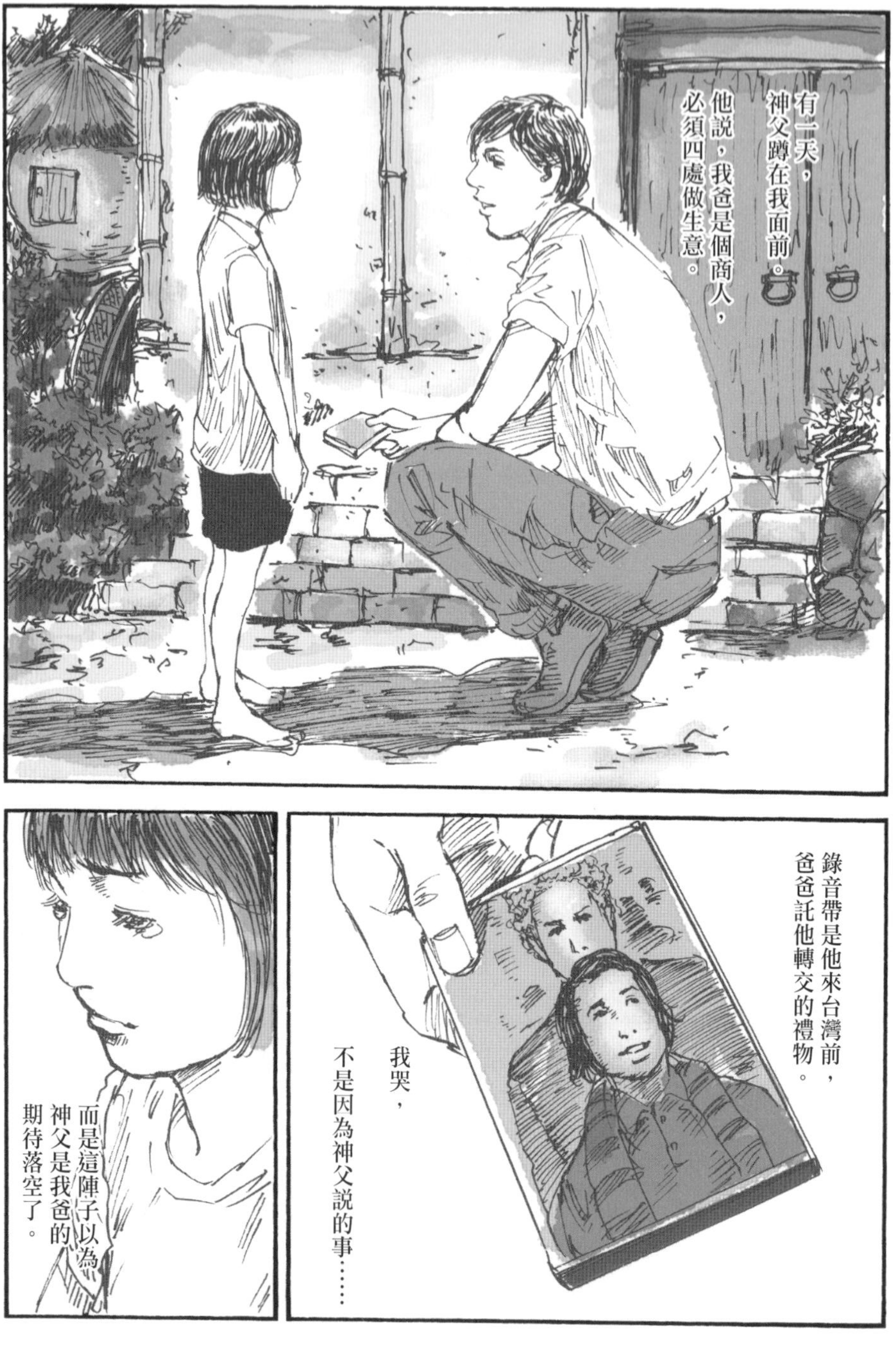
有一天，神父蹲在我面前。
他說，我爸是個商人，必須四處做生意。
錄音帶是他來台灣前，爸爸託他轉交的禮物。
我哭，不是因為神父說的事……
而是這陣子以為神父是我爸的期待落空了。

妳那時相信
神父編的謊？
選擇相信，
謊言就變成了
故事。
我能想像她小時候的孤獨，
如同獨自站在沙洲，
神父的故事對她來說
是一座橋。
我滿感謝
神父的故事。
軋！
軋！
啊！
又捲帶子了！
快！快按停止！
啊！
是哪個鈕？
我不熟啊！
喀！

糗了！
對不起！我會想辦法修好的……
沒關係……
……
已經壞過很多次，可能無法再修了。

Bridge over troubled water
konica KX-190
那種表情哪像沒關係……
少年仔。
極度煩燥
你有在賣東西嗎？

不錯喔！一台車就能把要用的東西一次買齊！
這樣我就不用騎那麼遠去買了！
照道理這附近應該會有商店。
本來有，但阿雀搬去跟兒子住就收了。
買東西實在不方便。
你先別走！我去通知厝邊的過來買！
妳騎慢一點啦！我不趕時間！
超速了吧！

用九商店
所以希望你隔週都能固定去啊？
嗯！
我留了手機，方便他們注文。
嗯！要替客人多想一步。
昭君呢？
今晚沒夜市啊。
她說晚上和朋友吃飯。

※注文：閩南語「預訂、預約」之意。

是喔。
今晚就我們兩個。
唉，這條路不知要修多久？
客人上門真不方便。
客人不想上門才是問題，路不是。
再說，工人都幫我們搭了便橋了。

嚓!
我回來後，第一個來的地方就是這座橋……
十年前我們就是在這被分開的。
就差了那幾步路……

等我完成這裡的案子，就帶妳離開。
之後，所有事妳都不用再擔心了。
十年，所有事只能回頭看，無法再改變。
的確是。否則我們今天不會只是重逢。
但妳不能否認人就是被過去往前推著走到現在。
這件外套我一直掛在房間門後，關起門，我是過去的我。

過去在我失志，迷惘，莽撞時，妳仍把外套罩在我身上……
過去十年，妳不在我眼前，但我心裡仍是妳在身後推我向前。
昭君……
呼！
呼！
呼！

對不起，這十年讓妳獨自面對很多……
不過，我是為了去爭取未來可以讓妳無後顧之憂的條件。
妳不會再是一個人了。
而在這之後……

我想回家了。
嗯！我送妳。
不用……
路線已經和十年前不一樣了。

用九商店
神父換你。
馬二進三。
喔！神父厲害。
啊！不妙，這盤恐怕會輸……
阿德，你還記得恩沛嗎？

就是你跟蹤到教會，發現他是偷給其他小朋友吃的那個。
……我盡力了，想不起來……
偷沙士糖的那個呀。
哈！偷過的小孩很多耶——
哦！
想起來了。後來我叫他隔天來整理回收作為處罰。
對！你告訴他動機是善的，方法卻是惡的。
後來你還給他五十元當工資……
一晃眼二十幾年了……
他現在是這次開發案的負責人。

哇！他這麼成功，你一定感到很欣慰吧！
可是，他的這些規劃不是直接影響在地的一些傳統和用九的生意……
象棋從古代一直延續到現在，是因為棋局會因人而變化。
變的是棋法，是有輸、有贏……
而不變的是，棋盤旁或手上的棋子永遠可以期待下一局。
德叔在我跟他借錢的那天，也對我說過類似的話……
吉誠啊，別灰心。我們下棋，我們也是棋，整理好，隨時可以重新下一局的。

啊！
哭枵！你是著猴喔！
恩沛是不是在橋上被巡查銙去那個！
對啦。
他去揍昭君的畜牲繼父，反被畜牲咬。
本想兩個不幸的人結合可以負負得正……
唉！命是天注定……
她應該不會回來吃了吧……

※著猴：閩南語「發神經」之意。

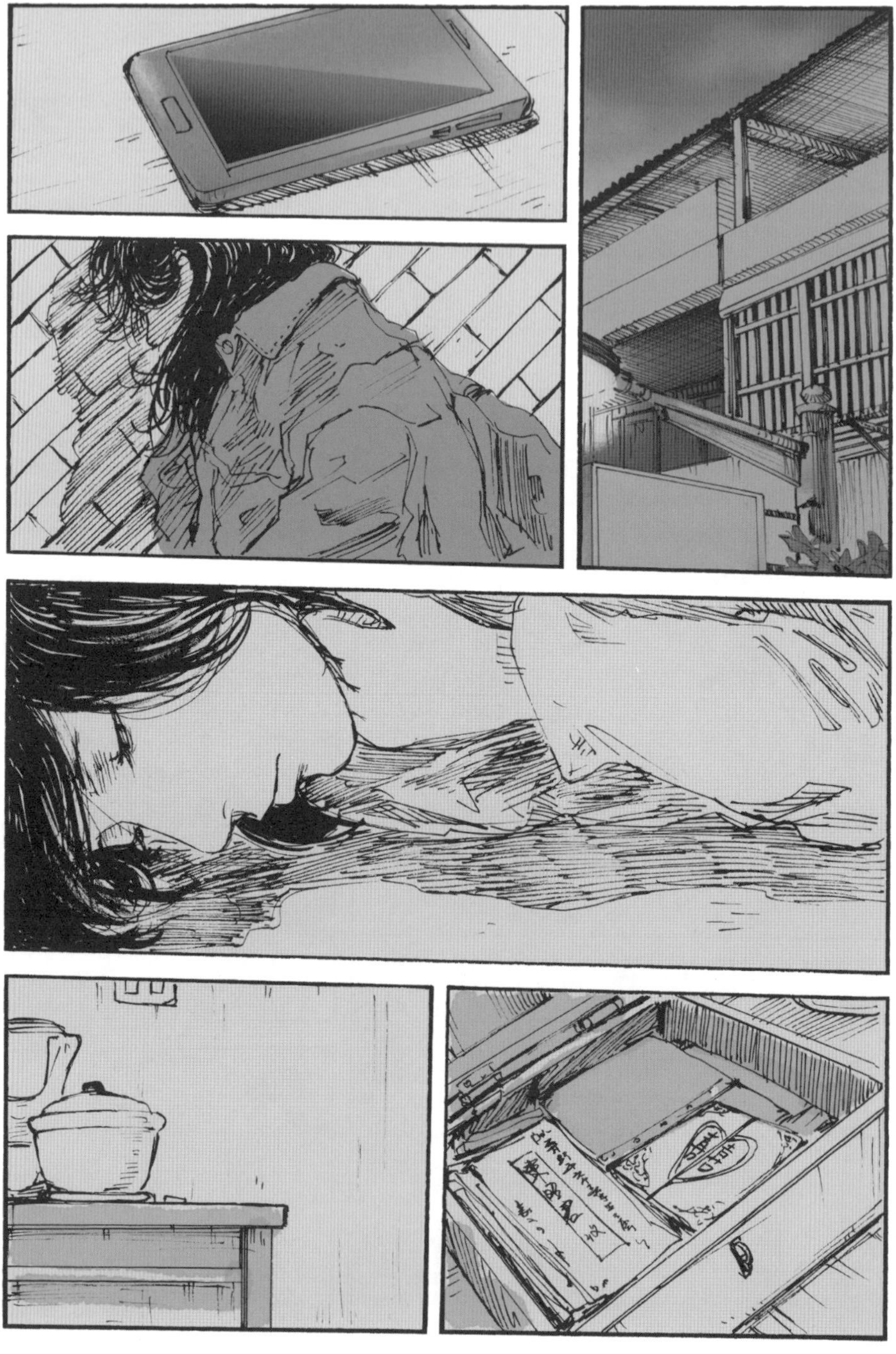

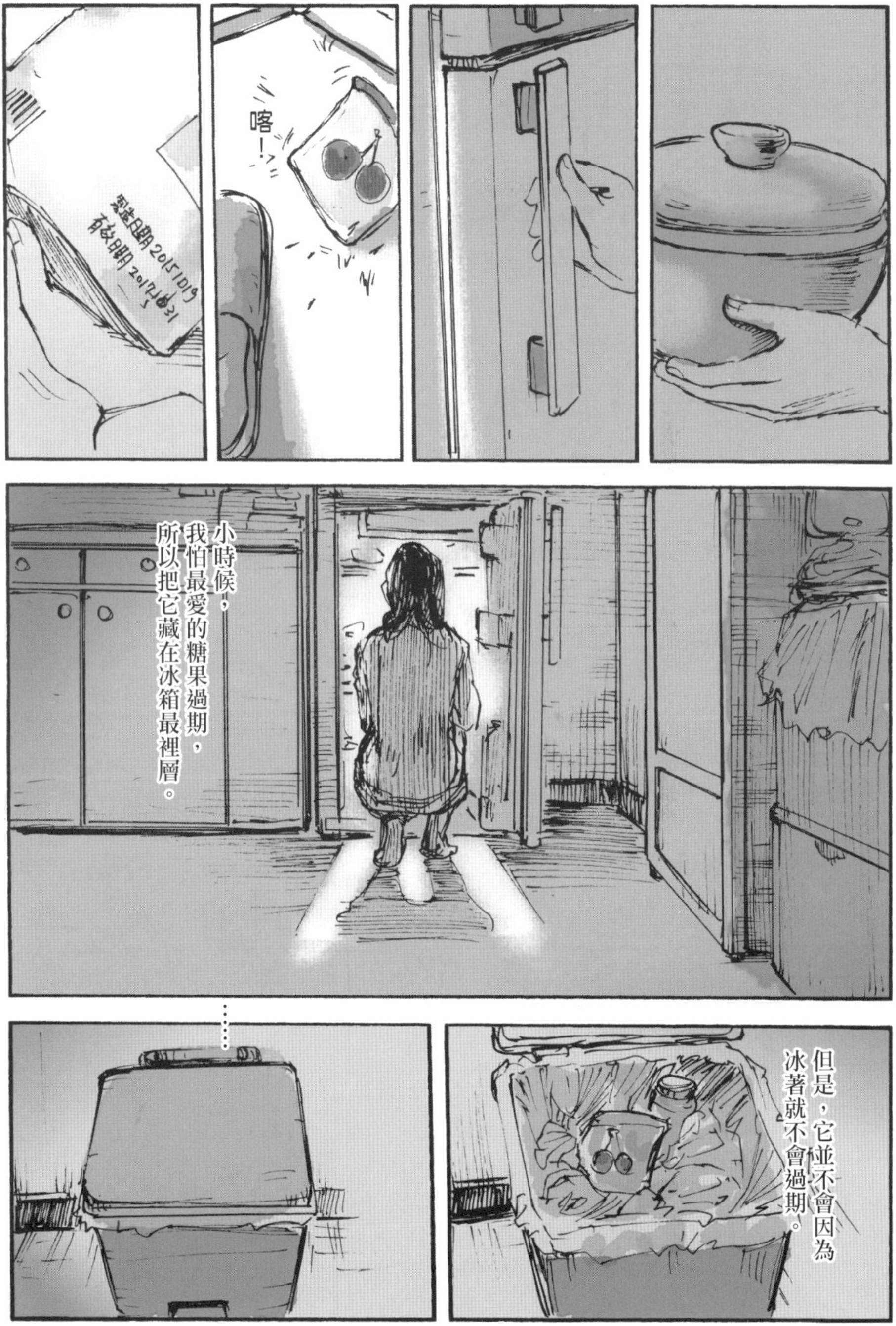

喀！
小時候，
我怕最愛的糖果過期，
所以把它藏在冰箱最裡層。
……
但是，它並不會因為
冰著就不會過期。

文具
實在不放心……
打個電話好了……
嘖！要打嗎？
還是傳LINE……
俊龍啊！幫我拿暖爐出來！
好！馬上來！
SPIDER MAN
嚓！
這雙給你，穿起來很暖喔——
是正宗盜版低督郎！（蜘蛛人）

一雙才五十，別嫌了。
喔！謝謝。
盜版蜘蛛人好會爬！快阻止他！
喔喔喔！不得了！不得了！
很難笑耶！快去洗米啦！
哈！好啦……
今日特价
小心，別燙到喔。
乾脆把啤酒雞熱一熱給大家吃。
好喔。

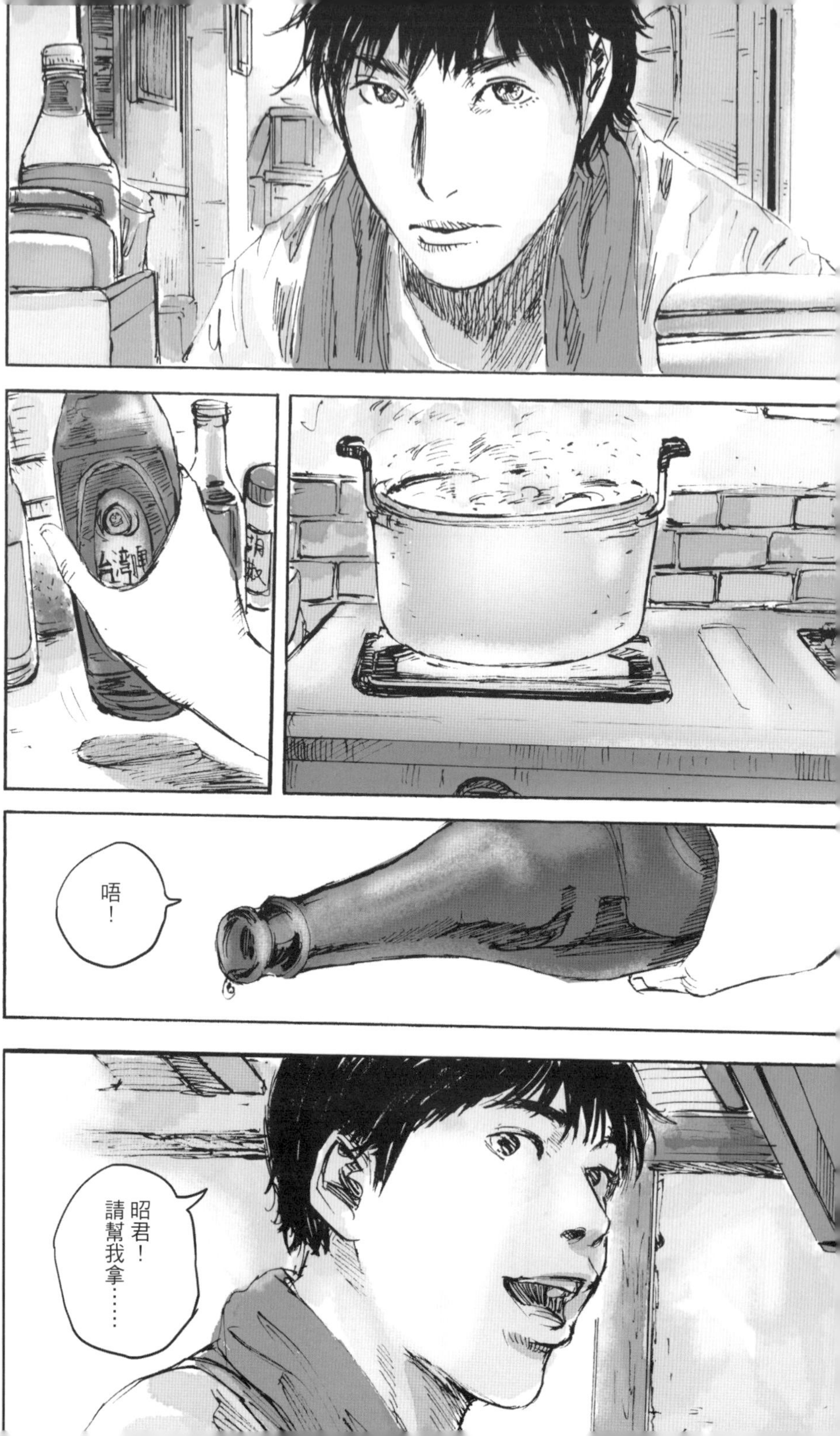
台灣啤
胡椒
唔！
昭君！
請幫我拿……

菜心
俊龍！幫我拿……

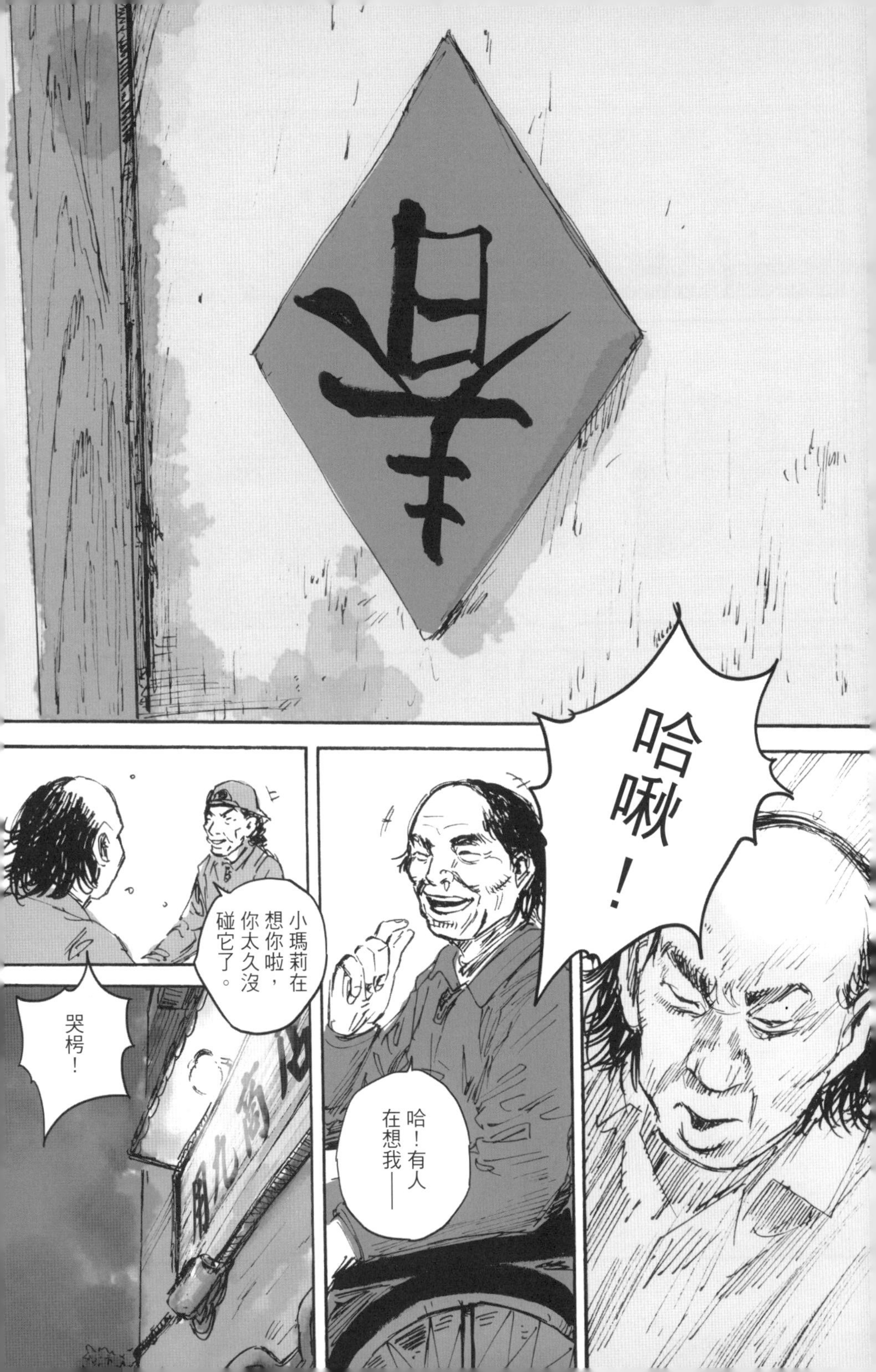
哈啾！
哈！有人在想我——
小瑪莉在想你啦，你太久沒碰它了。
哭枵！

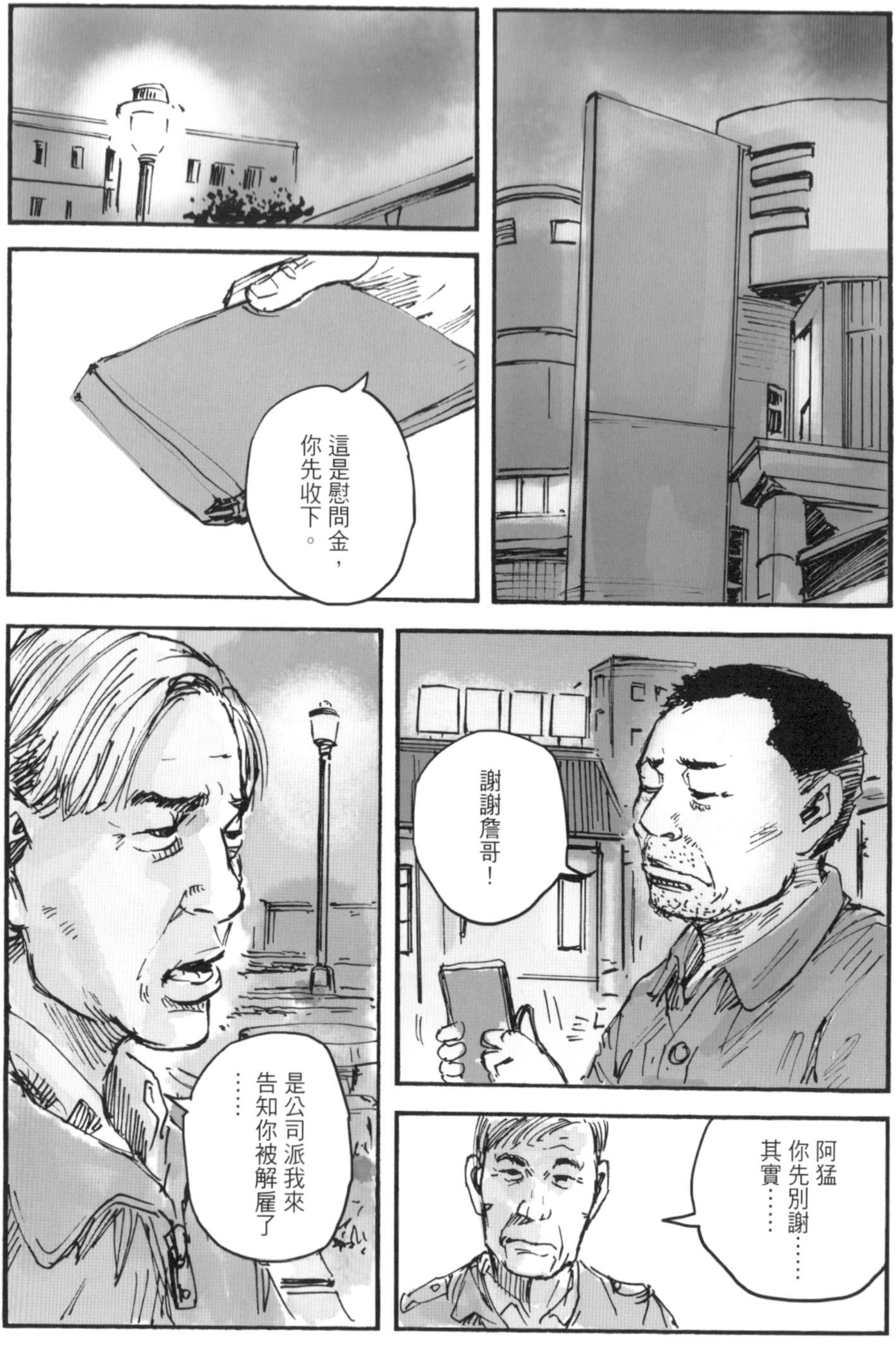
這是慰問金，你先收下。
謝謝詹哥！
阿猛你先別謝……其實……
是公司派我來告知你被解雇了……

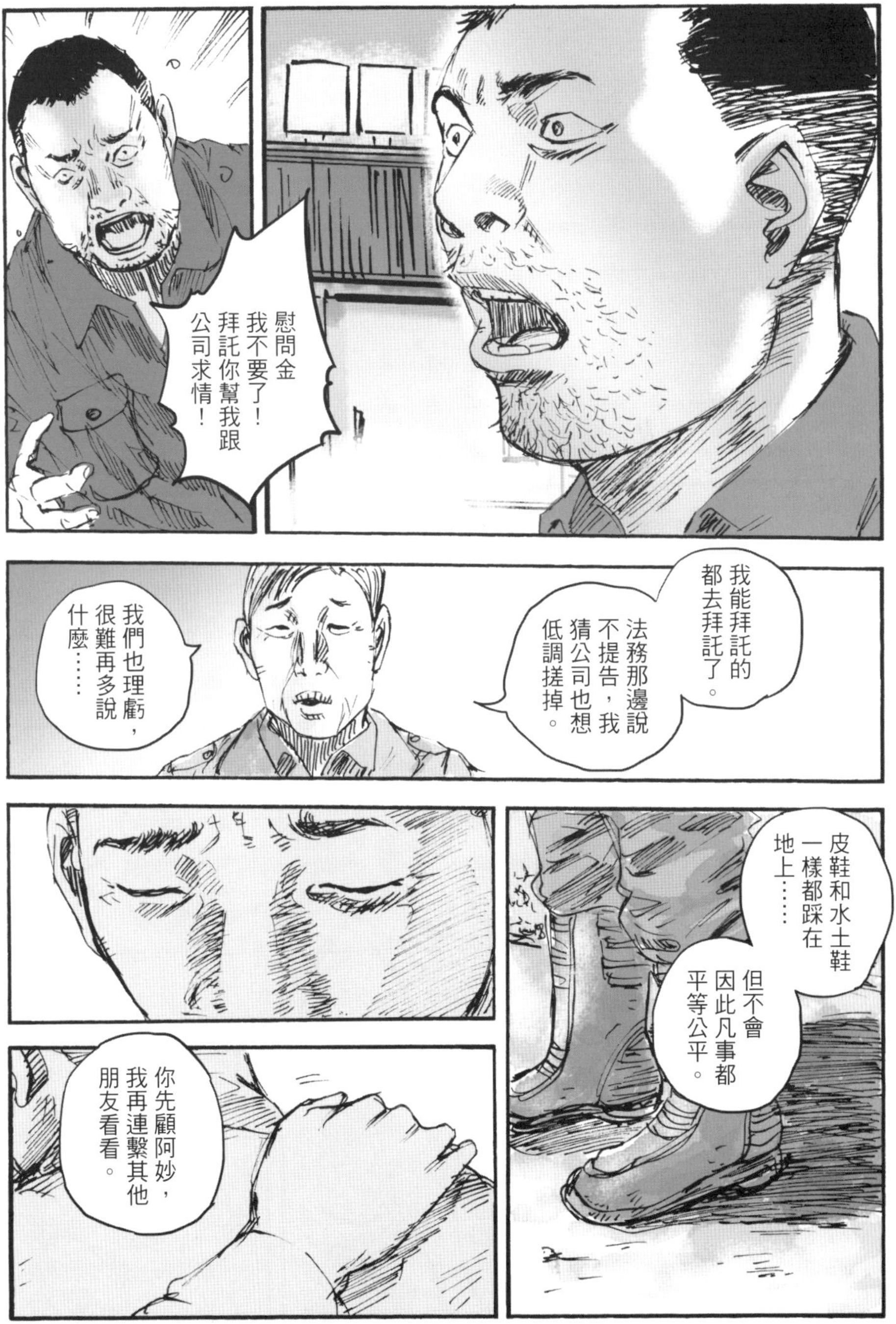
慰問金我不要了！拜託你幫我跟公司求情！
我能拜託的都去拜託了。
法務那邊說不提告，我猜公司也想低調搓掉。
我們也理虧，很難再多說什麼……
皮鞋和水土鞋一樣都踩在地上……
但不會因此凡事都平等公平。
你先顧阿妙，我再連繫其他朋友看看。

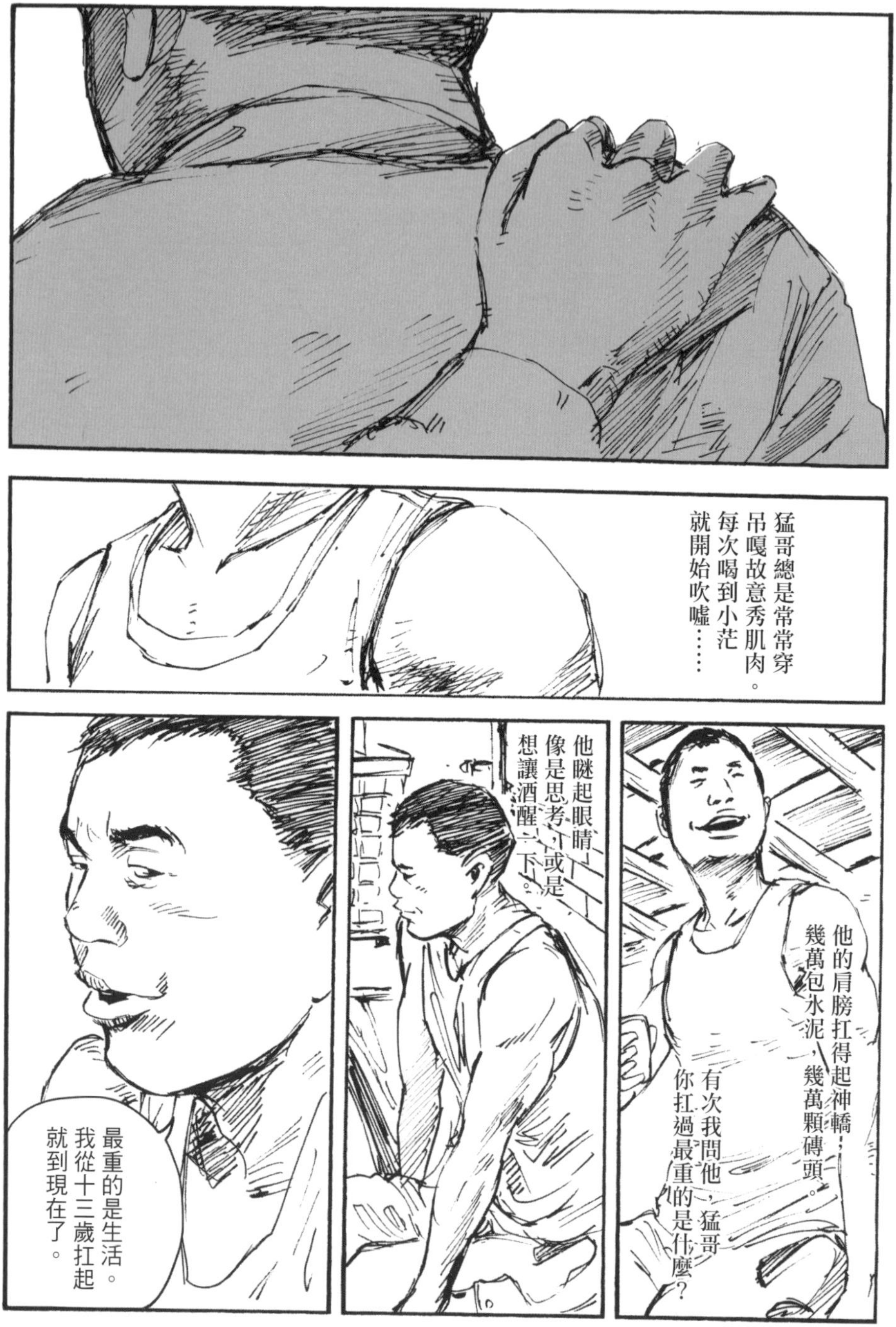
猛哥總是常常穿
吊嘎故意秀肌肉。
每次喝到小茫
就開始吹噓……
他的肩膀扛得起神轎，
幾萬包水泥，幾萬顆磚頭。
有次我問他，猛哥
你扛過最重的是什麼？
他瞇起眼睛，
像是思考，或是
想讓酒醒一下。
最重的是生活。
我從十三歲扛起
就到現在了。

未繳的帳單！
生活的確不好打……
唉！要是當時沒離職，
這些赤字，績效獎金的
三分之一就夠補了……
要再想些方法開源……

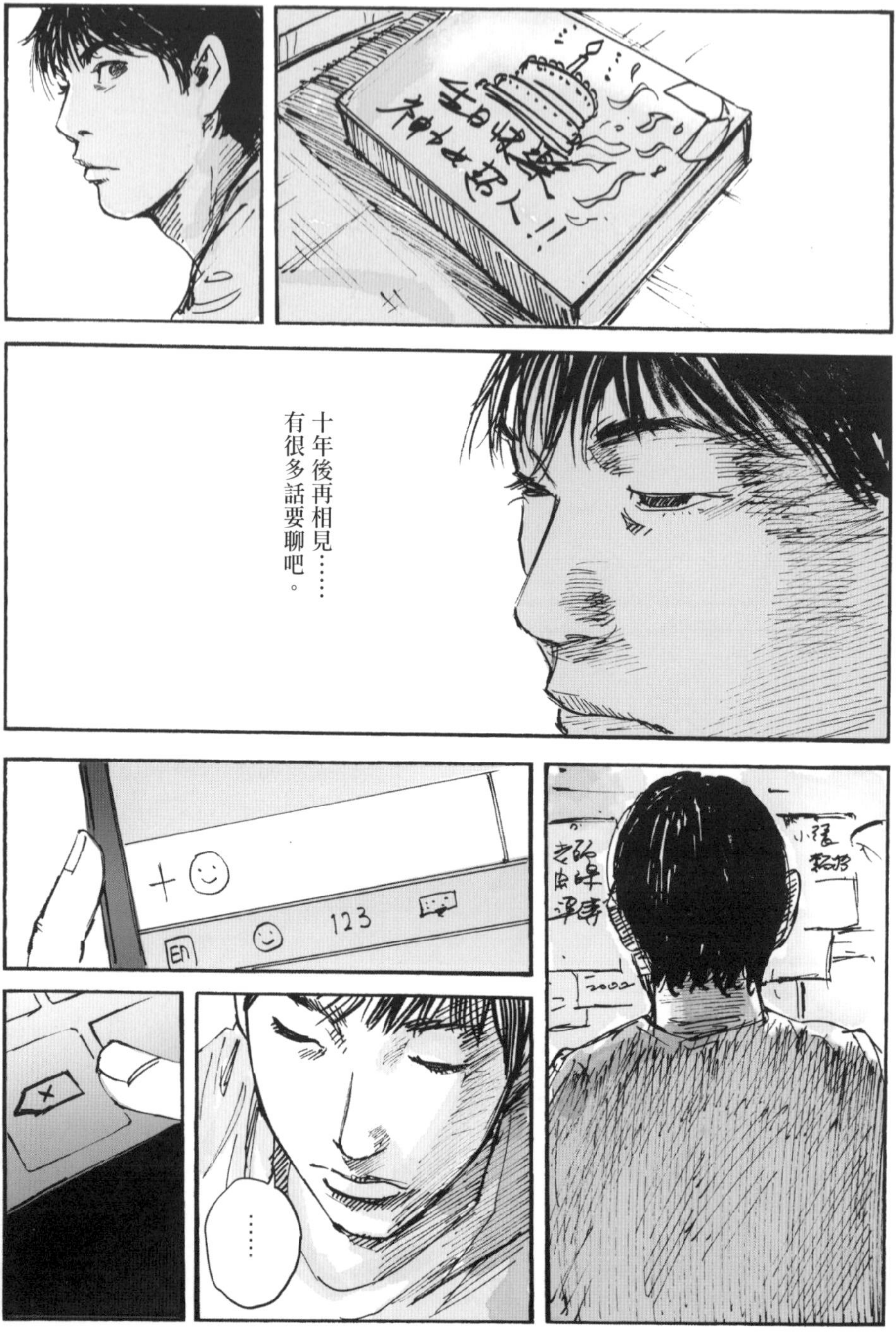
生日快樂
神木女超人!!
十年後再相見……
有很多話要聊吧。
123
EN
……
2002

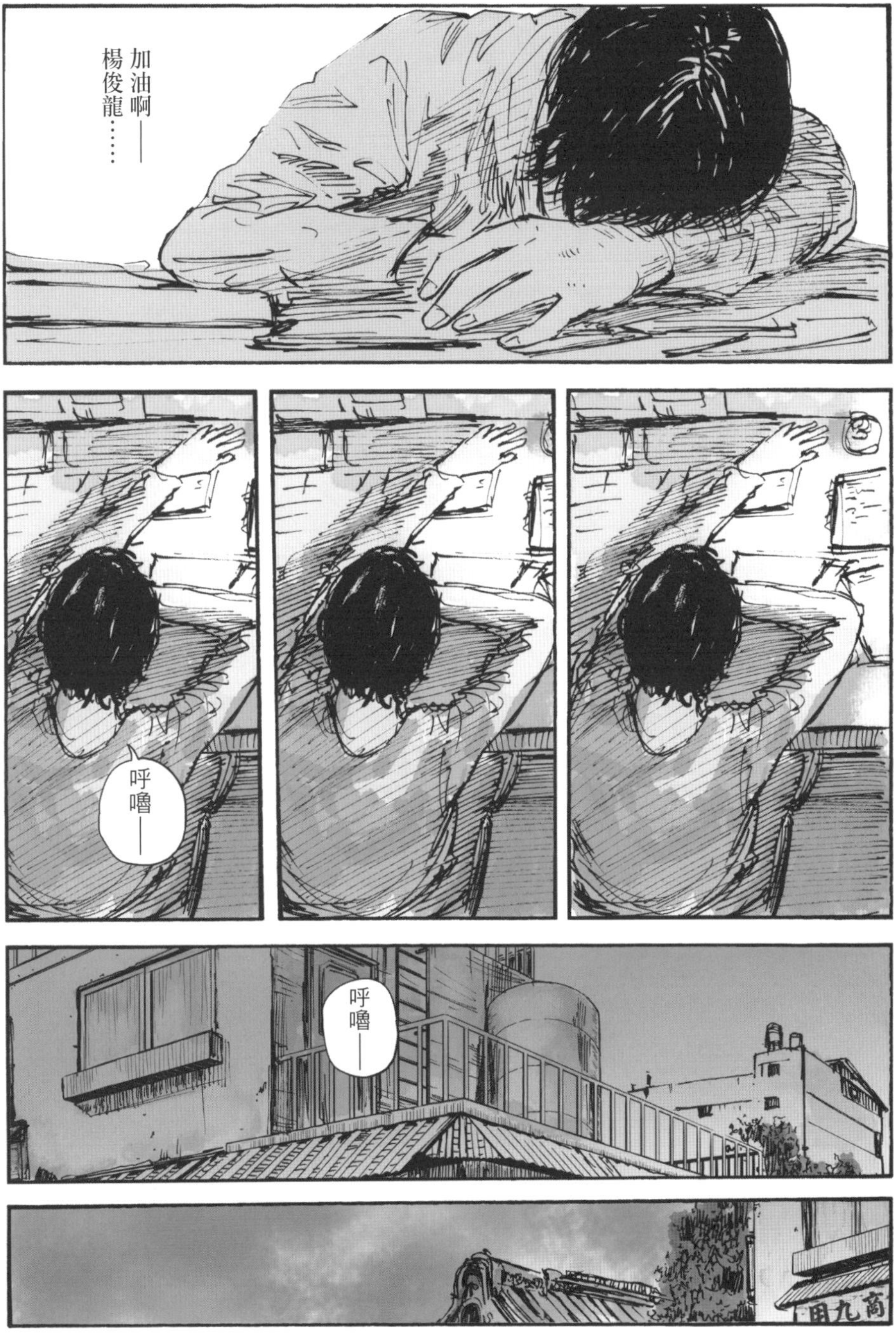
加油啊——
楊俊龍……
呼嚕——
呼嚕——
商九田

恭喜！確認是發燒了！
笨蛋！晚上踢被子吼——
要不要吃包小兒利薩爾呀。
煩耶！
你小時候不是說甜甜的很好吃，還故意感冒。
你休息吧，看要辦些什麼跟我說。
嗯！我發LINE給你。
對了！二樓要先整理。

那把吉他是你爸的吧，被你貼貼紙。
嗯，有點生疏了。
你又開始彈了嗎？
你彈得是不錯，歌聲就普普了——
妳自己還不是像鴨叫。
生病嘴還那麼歹！老公我們去約會。
叩！
叩！
把小孩丟給蝸牛，我們去泡溫泉！
你們又有什麼事啊？
閃屁啊！

我打擾到你了嗎？
沒有！我以為是阿忠他們。
我拿退熱貼來給你。你還好吧？
輕微發燒。
唔！
這是你的嗎？我有一台跟這一樣的耶！
你也喜歡聽錄音帶。

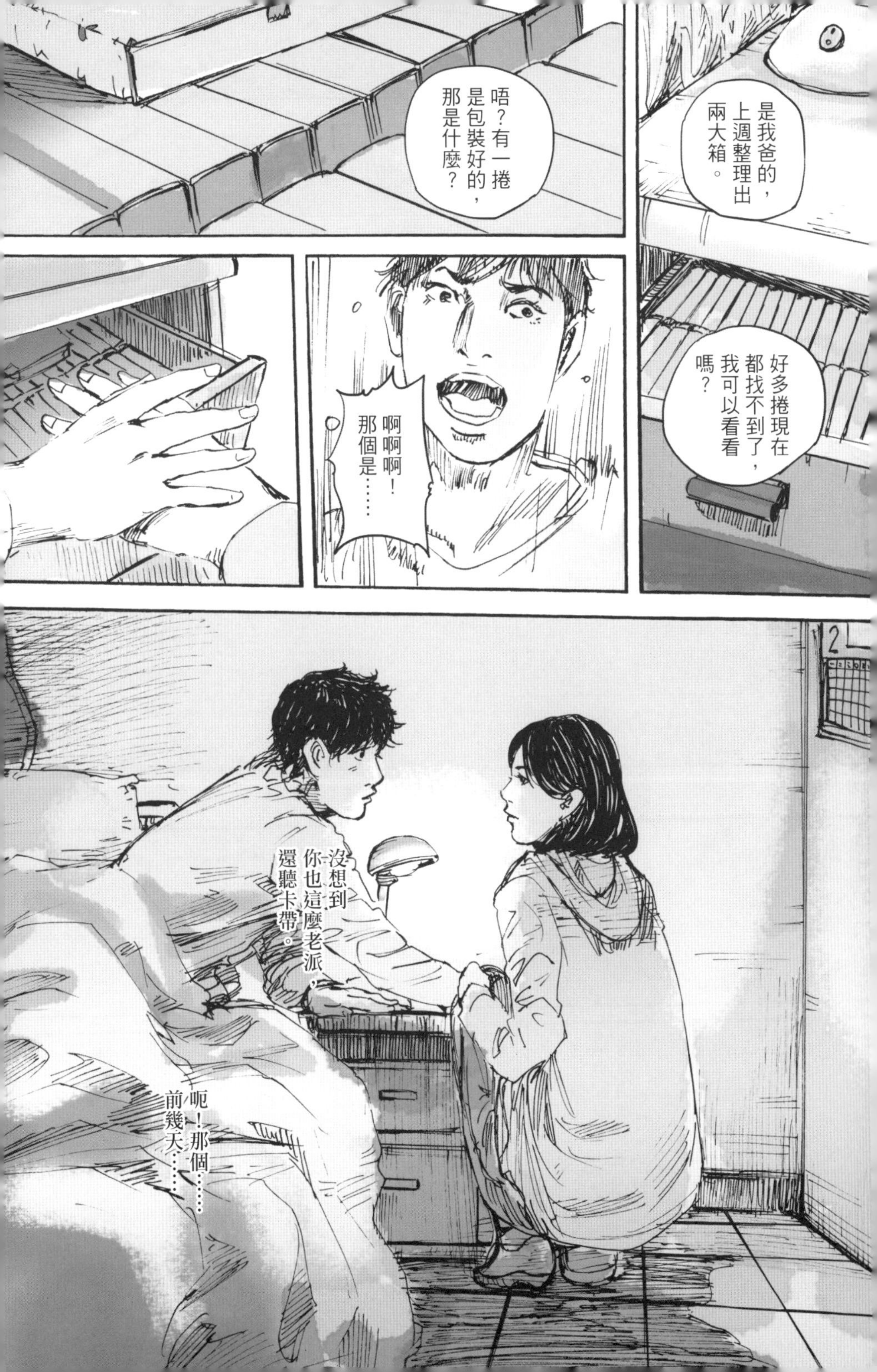
是我爸的，上週整理出兩大箱。
唔？有一捲是包裝好的，那是什麼？
好多捲現在都找不到了，我可以看看嗎？
啊啊啊！那個是……
沒想到你也這麼老派，還聽卡帶。
呃！那個……前幾天……

呼——
頭暈暈的，
手心冒汗……
是藥效嗎……
今天晚上
送她回家
再拿給她……

我喜歡簡單，
可能是因為
他也是簡單的人。
那種簡單就像在
掛曆的日期上點個記號。
阿……
阿君！

阿君……
妳一定要救我啊。
我發誓！
我不會再賭了……

第四話。

惡水上的橋

它連結了這頭到那岸，爲了相遇。

鳳玉！這邊，這邊！
妳燙頭髮囉？
是呀！好看嗎？
當然很好看呀。
哈！謝謝！

上次這樣一起喝咖啡是去年了吧。
一個月沒見，感覺看起來又不一樣了。
有空回家看看……
抱歉！你剛才說什麼？
組長在問我一件事情……
沒什麼，我是說這家咖啡好好喝。
感覺妳又適應了這裡不少。
主要是我同事常帶我四處吃喝。現在的確習慣一些。

剛來的幾個星期，是真的很想回去。
生活習慣和工作都完全狀況外……
還好幾個同事也是南部上來好幾年的，他們很幫我。
我有跟你說我組長是古坑人嗎？
他也是斗高畢業的耶！老學長——
喔！真的！那牽一牽搞不好是認識的。
所以兩金哥不用擔心了啦。
你一直上來看我，我也覺得不好意思。
唉呀！我常上來是因為我想妳啊。
如果直接開口說很噁心吧……
哈！你幹麼盯著我看啦——
我在想電影是幾點的。

還有，我感覺……
妳從毛毛蟲變成蝴蝶了。很美的鳳蝶那種。
哈！有嗎？
我猜，可能再過個半年，我們聊天的話題就搭不起來了。
抓到囉！偷偷約會！
你偷喝酒喔！幹麼突然感傷起來？
哈哈！沒喝啦！晚上要送你回住處耶！
公司好多男生會難過喔——

呃！組長！他不是男朋友啦！
兩金哥是我哥的同學，我們從小一起長大的！
你怎麼在這？
來做週一的簡報。
唔，你的眼鏡呢？
被我兒子分屍了，哈哈！
組長您好！我是兩金！
您好！
鳳玉拜託您多照顧了！
對了！妳檔案上傳了嗎？
啊！我忘了！
哇！你手勁好強！
這樣啊——反正我等一下會進公司，妳跟我說放哪吧。

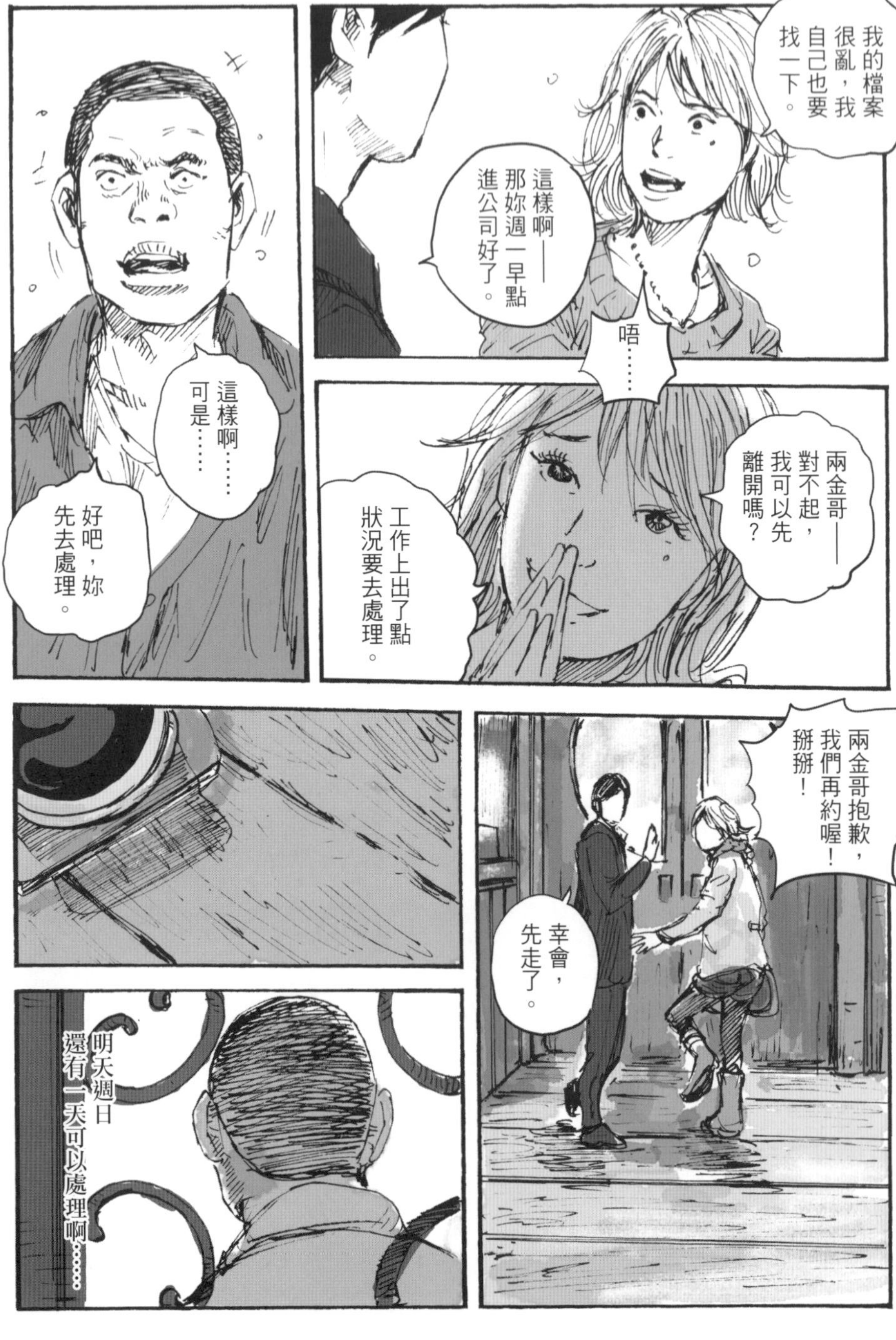
我的檔案很亂，我自己也要找一下。
這樣啊——那妳週一早點進公司好了。
唔……
兩金哥——對不起，我可以先離開嗎？
工作上出了點狀況要去處理。
這樣啊……可是……
好吧，妳先去處理。
兩金哥抱歉，我們再約喔！掰掰！
幸會，先走了。
明天週日還有一天可以處理啊……

電影票給你們，就快開演了。
唔……
旋轉木馬——
不管怎麼追，
都還是維持一定距離吧。

蔥油餅
一個加蛋不要辣。

呃！抱歉！
喂！妳有聽到嗎？
對不起！請問你要什麼？
一個加蛋不要辣。
馬上好。
算了！不買了！
……
有三天都沒看到昭君了耶……

你有聯絡她嗎？
有啊，但她就沒回。
她怕三天兩頭討債的來亂，連累店裡吧。
她有夠歹命的……
是她放不下這樣的「命」吧。
人都用命來安慰和推託自己一連串的選擇。
嘎！
唔？

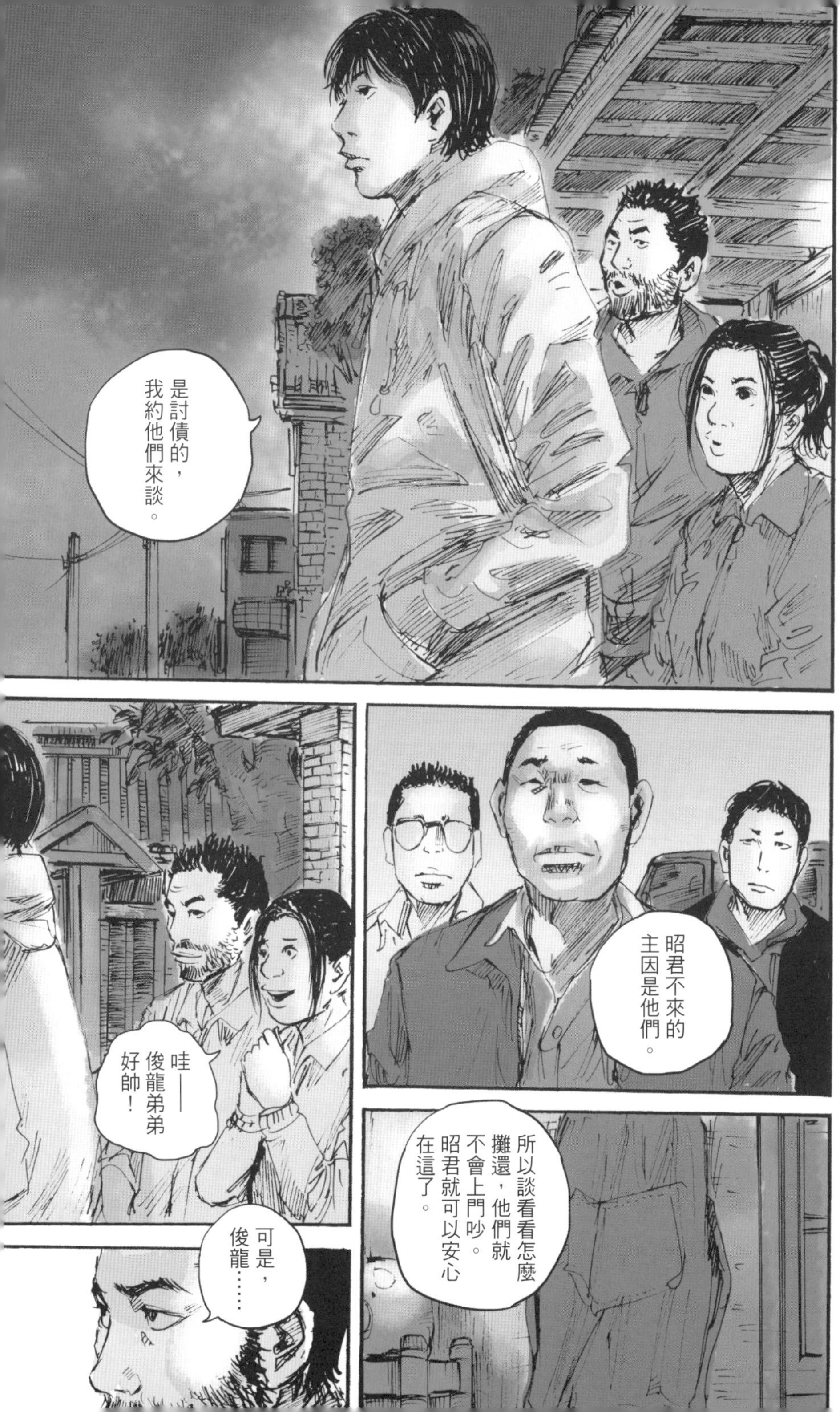
是討債的，我約他們來談。
昭君不來的主因是他們。
哇——俊龍弟弟好帥！
所以談看看怎麼攤還，他們就不會上門吵。昭君就可以安心在這了。
可是，俊龍……

你有錢嗎？
靠！幹麼吐槽我啦！
有啦，夠應急啦。
俊龍這拿去。
唔！這是？
這很難解釋耶，雖然是你的名字。
這裡頭有我的私房錢，有你媽幫你存的紅包錢，
也有你出社會後寄給我的零用錢……
還有你爸媽留下的手尾錢……

我知道你不會開口，你拿去用吧。
叩！
你今天餵拉吉了沒？
呃！阿公你知道它的名字！
哈！我也住這裡耶。
再說，我只是有點重聽又沒聾。
是昭君從家裡拿來的對吧。
她也許沒察覺，她的東西越來越多了。
這表示她把這當成像家一樣的地方了。
現在連她的幸運撲滿都在這了……
你要好好把握啊。

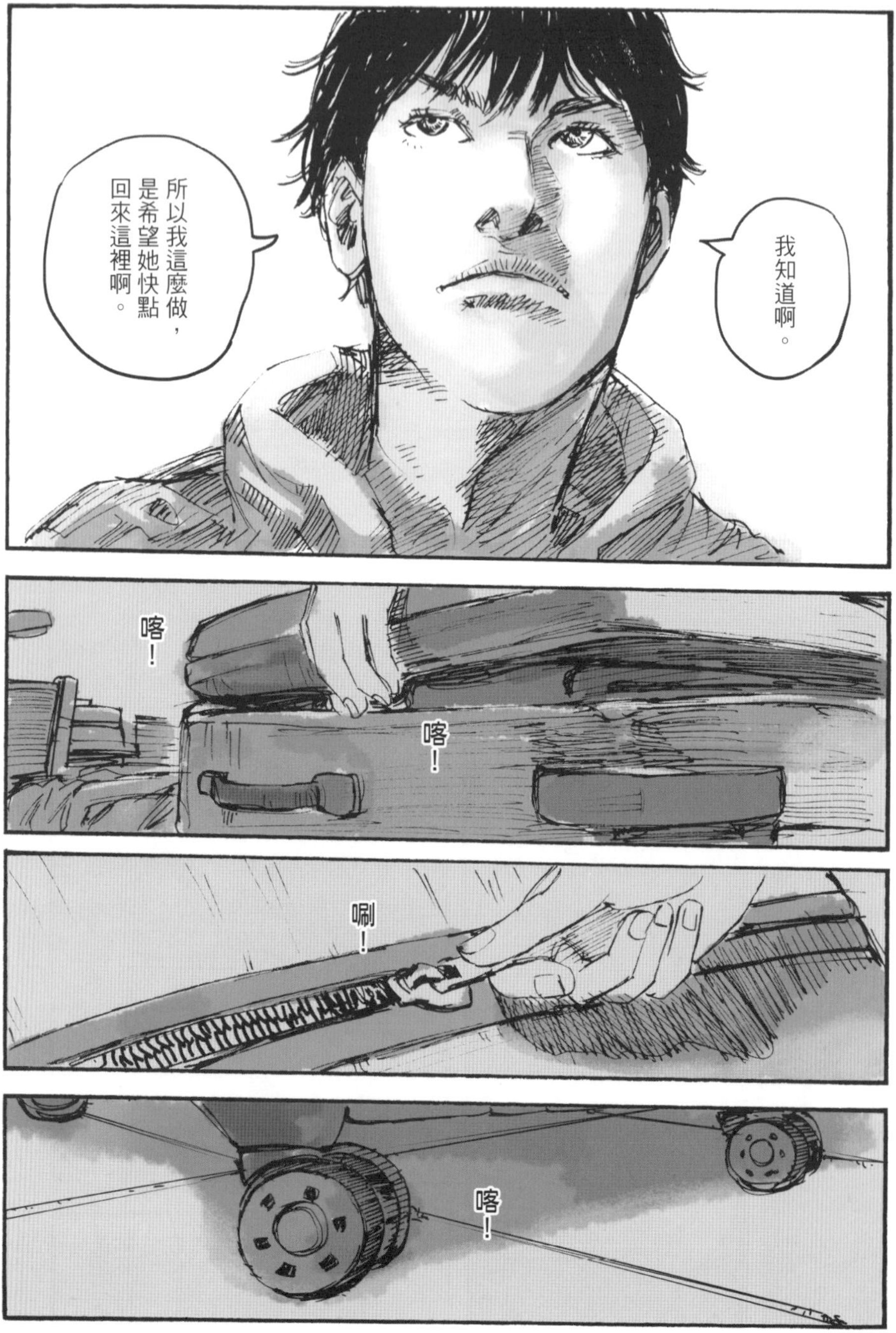
我知道啊。
所以我這麼做，是希望她快點回來這裡啊。
喀！
喀！
唰！
喀！

……
妳再逃家啊！
現在門開著，妳再出去啊！
妳有地方去嗎！
妳這不孝女！
她現在國中，正是叛逆期嘛——沒事沒事。
妳看叔叔多疼惜妳！還在替妳說話！
別氣了，妳先出去。我好好跟她說——

噗啊！
呼！
呼！呼！
昭君，
結婚。我們結婚。

三千三百萬元整
這筆錢是你之前聘金的幾百幾千倍耶！
我就知道你一定會回來娶昭君！我當時真的不知道那個膨肚短命欺負昭君，要不然……
結婚日子看了嗎？
要不然我去幫你們合日子。
慢著。
有個條件。

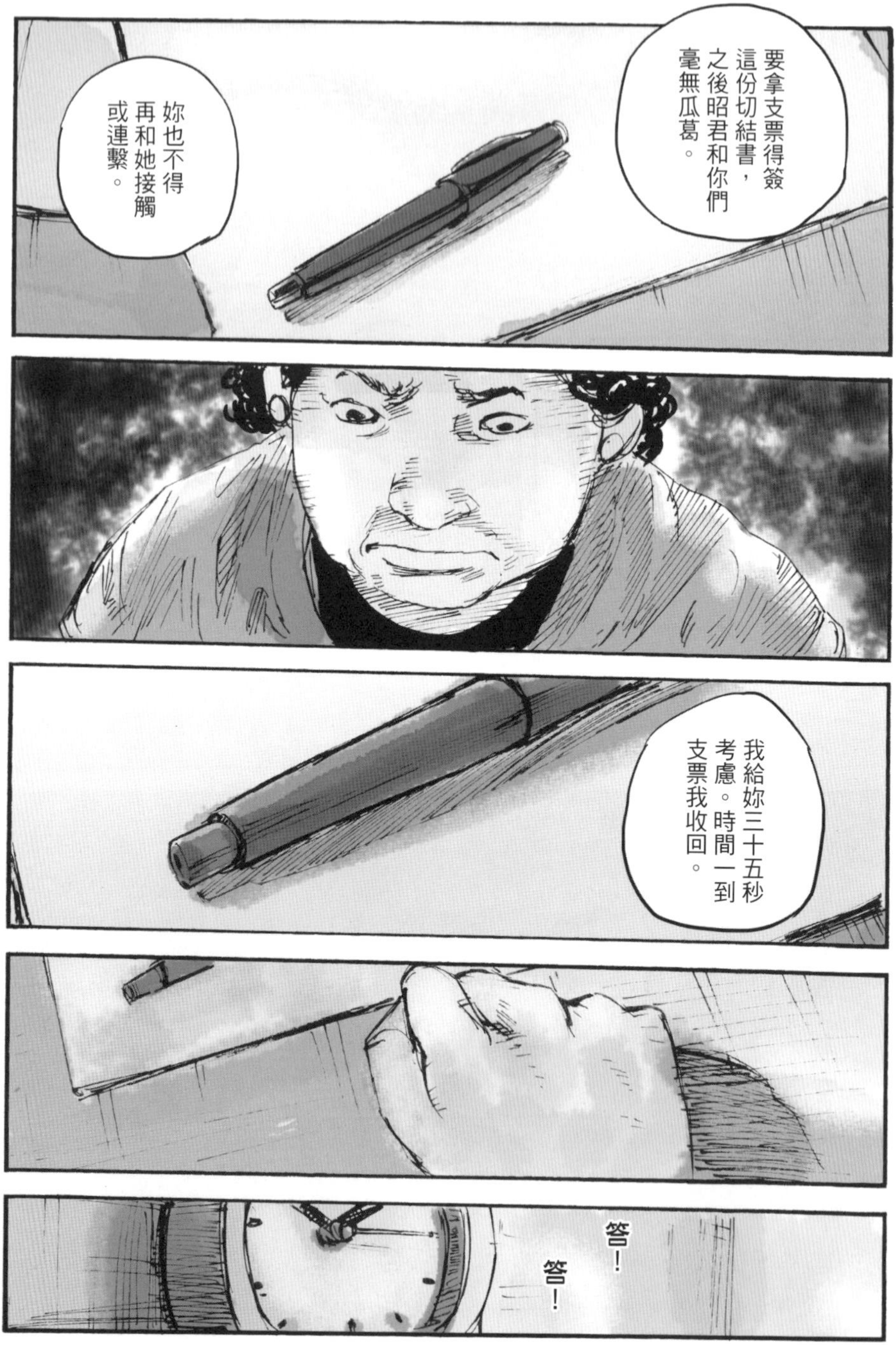
要拿支票得簽這份切結書，之後昭君和你們毫無瓜葛。
妳也不得再和她接觸或連繫。
我給妳三十五秒考慮。時間一到支票我收回。
答！
答！

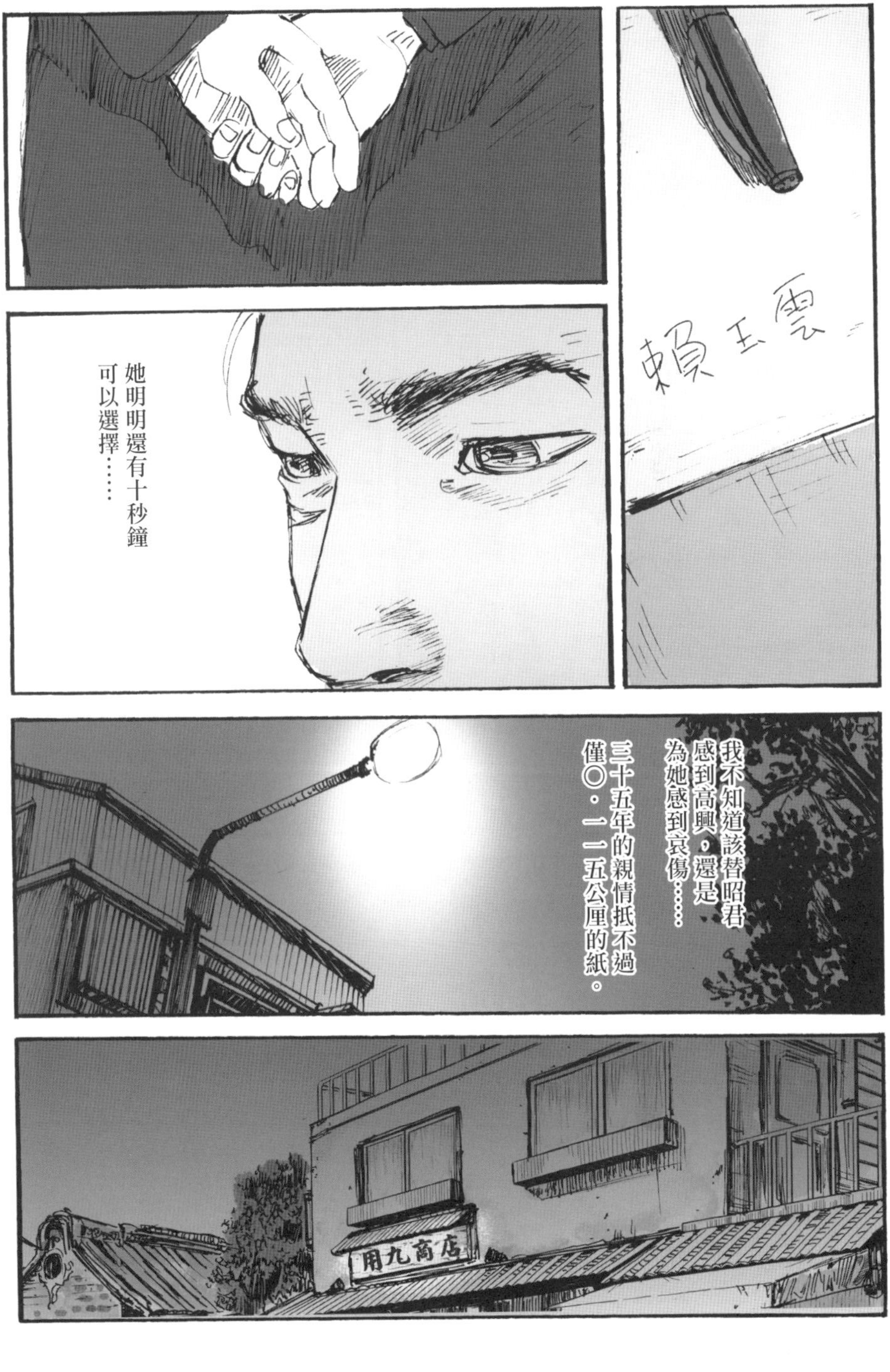
賴玉雲
她明明還有十秒鐘
可以選擇……
我不知道該替昭君
感到高興，還是
為她感到哀傷……
三十五年的親情抵不過
僅〇・一一五公厘的紙。
用九商店

登！
登！
登！
登！
你在這啊，怎麼不在門口彈就好。
唔！阿公你怎麼上來了？
上來看月娘。我常忘記初一，但絕不會忘記十五。
為什麼？
你爸小時候難養育常生病啊。
每到十五你阿媽就會拜太陰娘娘。

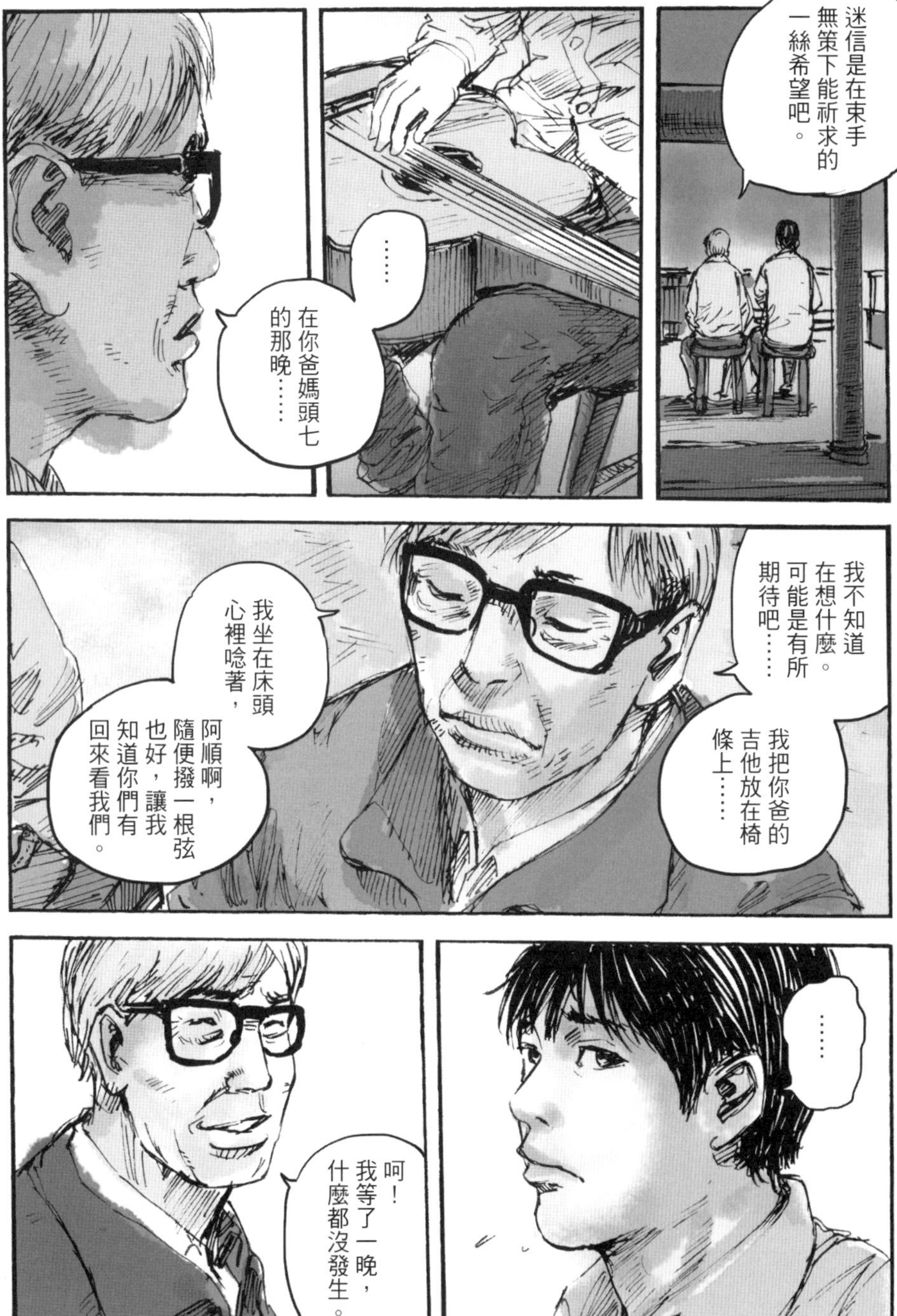
迷信是在束手無策下能祈求的一絲希望吧。
……
在你爸媽頭七的那晚……
我不知道在想什麼。可能是有所期待吧……
我把你爸吉他放在椅的條上……
我坐在床頭心裡唸著，
阿順啊，隨便撥一根弦也好，讓我知道你們有回來看我們。
……
呵！我等了一晚，什麼都沒發生。

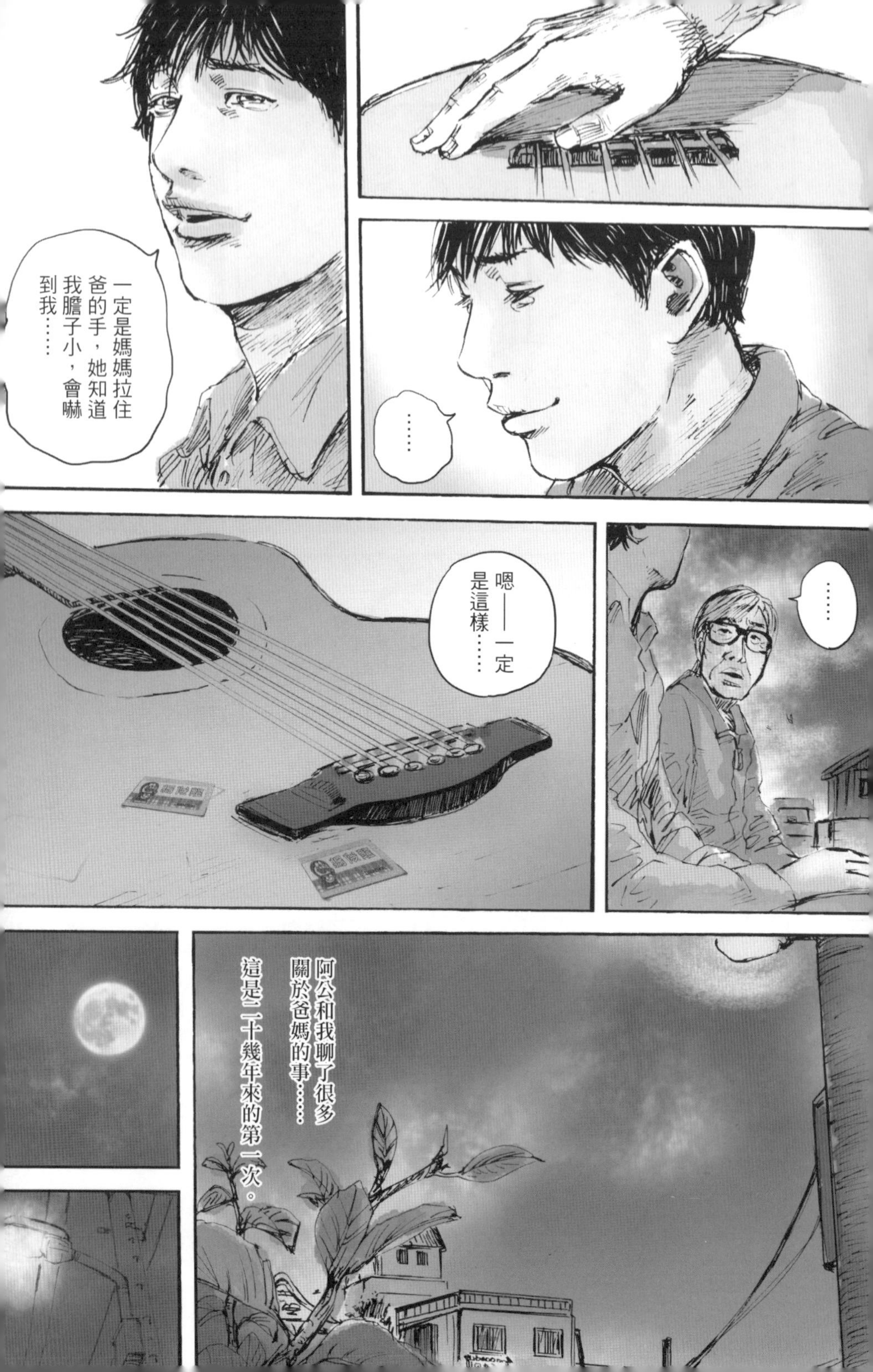
……
一定是媽媽拉住爸的手，她知道我膽子小，會嚇到我……
……
嗯——一定是這樣……
阿公和我聊了很多關於爸媽的事……
這是二十幾年來的第一次。

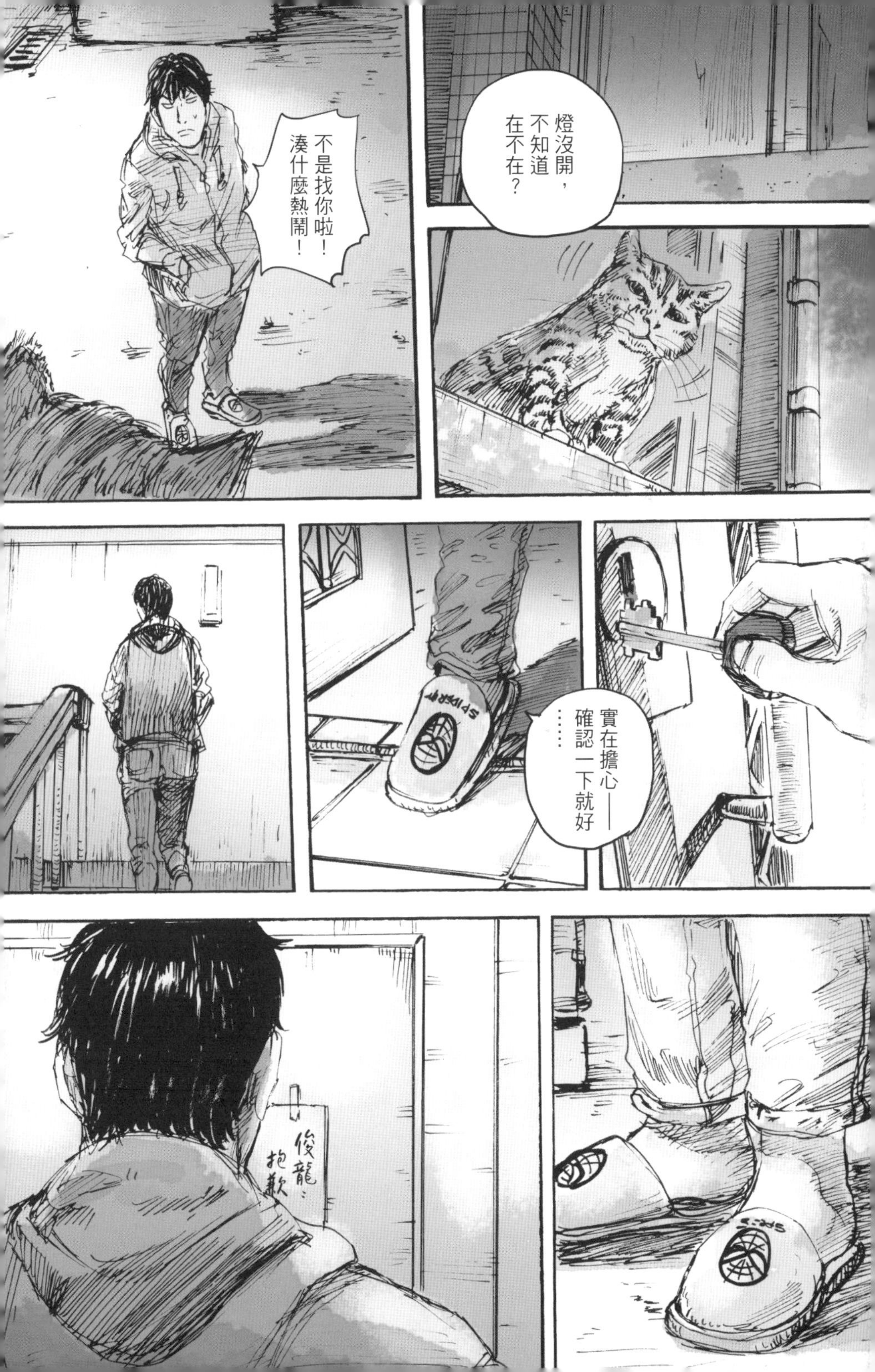
燈沒開，不知道在不在？
不是找你啦！湊什麼熱鬧！
實在擔心——確認一下就好……
俊龍：抱歉

唰！
俊龍
抱歉，我連累了店。
呼呼呼！
呼呼！
俊龍：
抱歉，我連累了店。
我想我必須離開一陣子
等事情有個解決。
我會請討債的別再去打擾，
離開，是我能想到的最好方式。
昭君
我想，我必須離開一陣子，
等事情有個解決。
我會請討債的別再去打擾。
離開，
是我能想到的最好方式。

你派人一直盯著我……
這麼做是保護妳，我無法預測討債的何時會找妳麻煩。
昭君，所有事我都處理好了。
跟我回去吧。

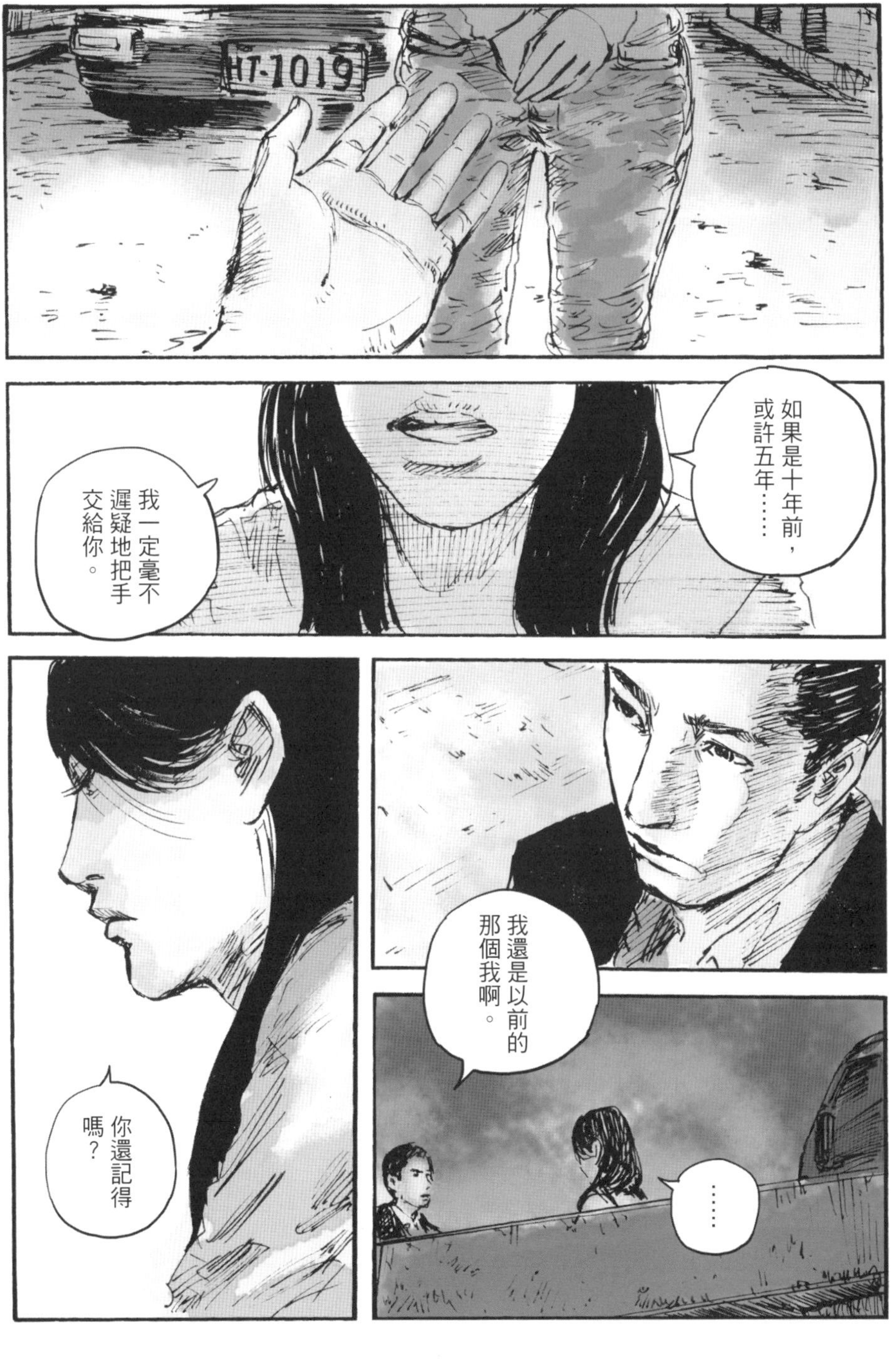
HT-1019
如果是十年前，或許五年……
我一定毫不遲疑地把手交給你。
我還是以前的那個我啊。
……
你還記得嗎？

有一次大雨，溪水暴漲。
我們發現有三隻小狗
困在沙洲上……
因為路滑難行，
我們先各救一隻。
當我要回頭再救剩下的那隻時，
溪水已經淹過沙洲。
你跟我說，
算了！
來不及了！

牠看了看我，
跳下溪水，
拚命的朝我游了過來……
牠仍拚命的游……
直到我看不見牠。

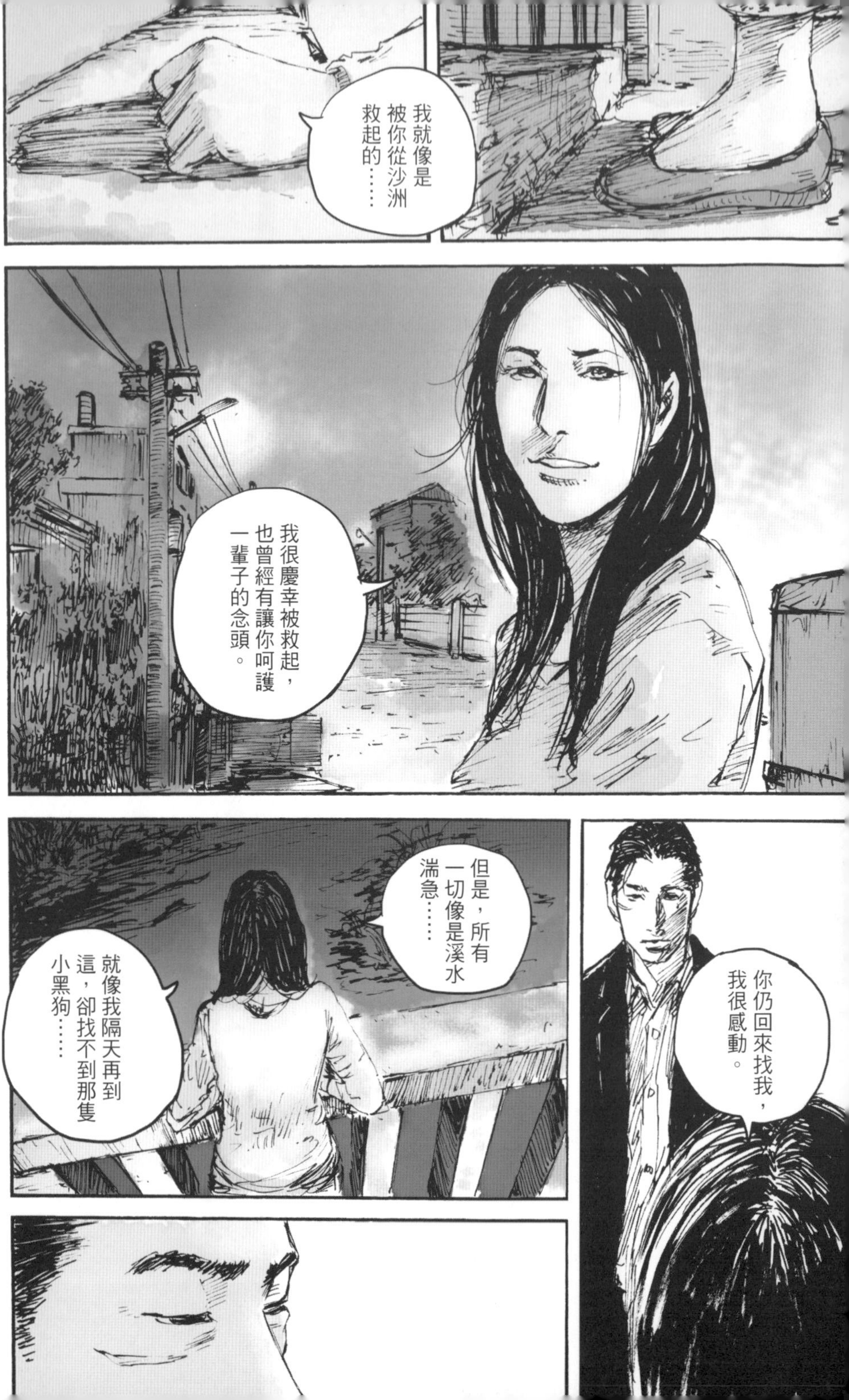
我就像是被你從沙洲救起的……
我很慶幸被救起，也曾經有讓你呵護一輩子的念頭。
你仍回來找我，我很感動。
但是，所有一切像是溪水湍急……
就像我隔天再到這，卻找不到那隻小黑狗……

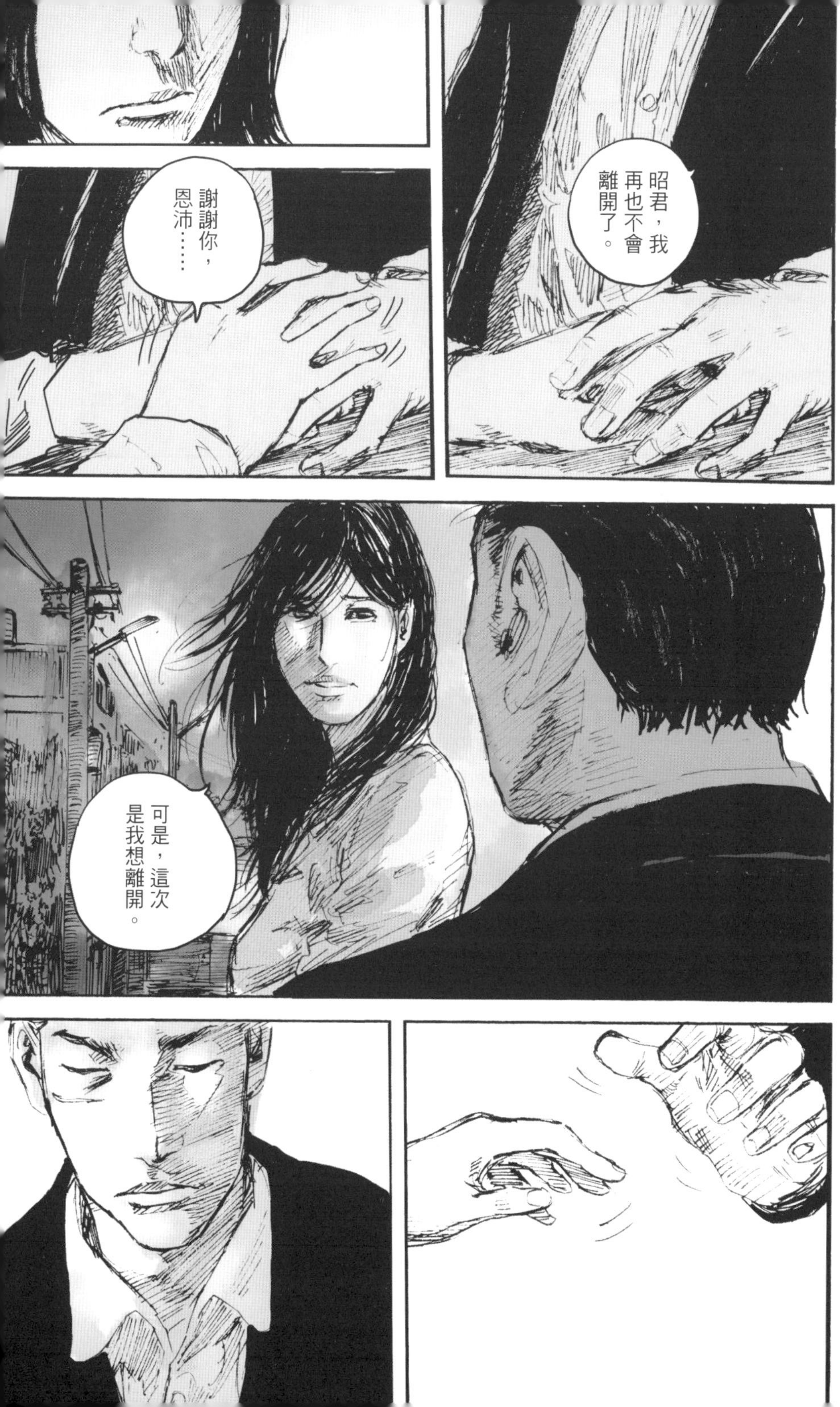
昭君，我再也不會離開了。
謝謝你，恩沛……
可是，這次是我想離開。

呼！
呼！呼！還好趕上了……
機車拋錨，一路跑過來。喘死我了……
太久沒這樣跑，差點往生。
俊龍……
呼！
呼──放心。
我不是來要求妳留下的。

我還記得那一晚在盪鞦韆時，妳說好想飛走。
春天是出去走走的好時機。
……
我跑來是要拿這個給妳。
唔！這個是抽屜裡的……
哈哈哈！沒錯，妳的生日禮物。

這個生日禮物雖然有時差，不過它是永遠的。
因為所有過去的，都不再變化了，所以就是永遠了。
生日 快樂

對了！
下次可以買閃電俠的嗎？蜘蛛人好難跑耶。
嗯！

喀！
喀！

這樣應該有在錄了吧？
咳！那個……
昭…昭…昭君，生、生日快樂！
本來想當面唱生日快樂的。
但一來怕出糗，
二來是因為上次把妳的帶子弄壞了。
我有試著修，但越弄越糟，我會找專業的來修。

在修好之前，妳先用這個擋一下吧。
好緊張喔——咳！咳！來囉——
Bridge Over Troubled Water
When you're weary, feeling small,
When tears are in your eyes, I will dry them all;
I'm on your side. when times get rough.
And friends just can't be found,

Like a bridge over troubled water I will lay me down.
Sail on silver girl, Sail on by. Your time has come to shine.
....
....
Like a bridge over troubled water I will ease your mind.
Like a bridge over troubled water I will ease your mind.

※*Bridge over Troubled Water*（惡水上的大橋），是美國著名民謠搖滾音樂二重唱組合 Simon & Garfunkel（賽門與葛芬柯）發行於一九七〇年的經典歌曲，作詞者為 Paul Simon（保羅·賽門）。

哈啾！
啊！不會二次感冒吧——
鬧九

第五話。

又一春

有一種回來，是因爲知道那裡有等待。

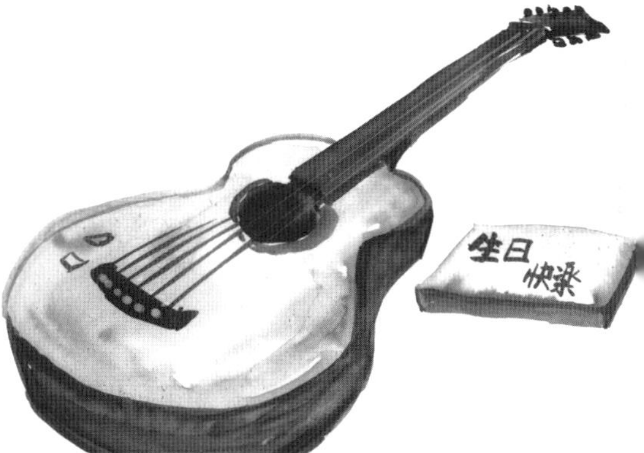

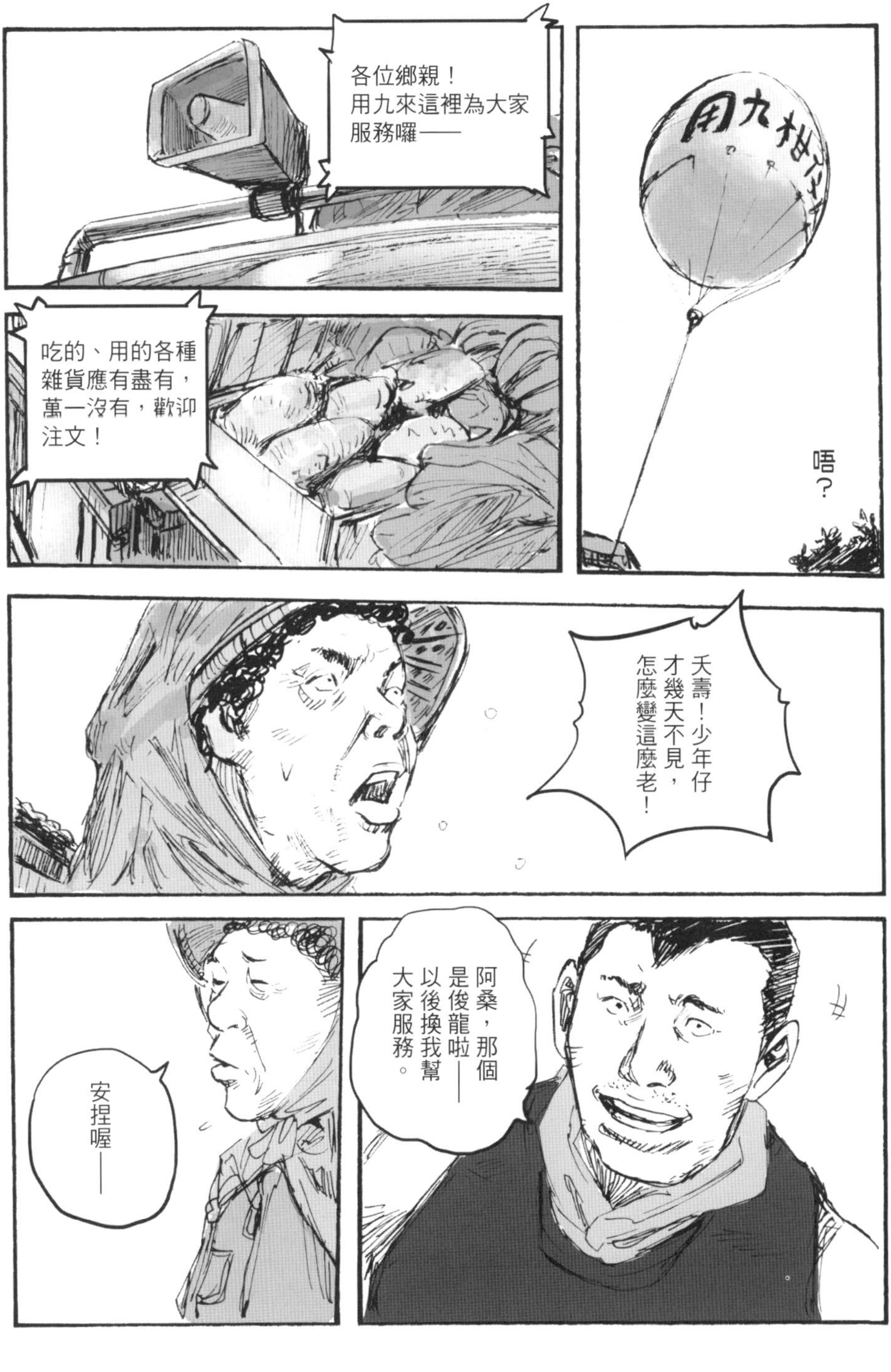
各位鄉親！
用九來這裡為大家
服務囉——
吃的、用的各種
雜貨應有盡有，
萬一沒有，歡迎
注文！
唔？
夭壽！少年仔才幾天不見，怎麼變這麼老！
阿桑，那個是俊龍啦——以後換我幫大家服務。
安捏喔——

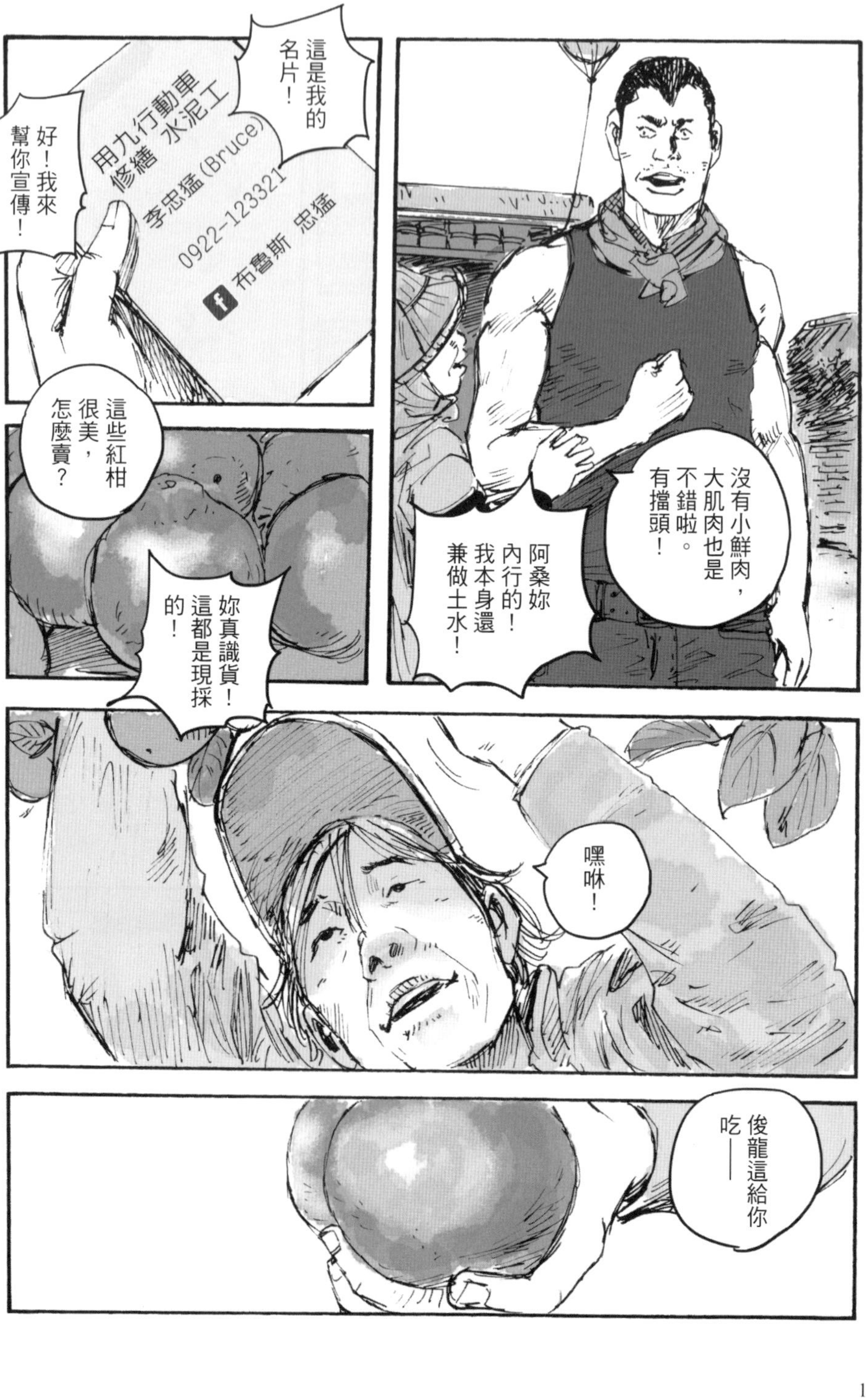
沒有小鮮肉，大肌肉也是不錯啦。有擋頭！
阿桑妳內行的！我本身還兼做土水！
這是我的名片！
用九行動車
修繕 水泥工
李忠猛(Bruce)
0922-123321
布魯斯 忠猛
好！我來幫你宣傳！
這些紅柑很美，怎麼賣？
妳真識貨！這都是現採的！
嘿咻！
傻龍這給你吃——

謝謝吉誠叔。
吉誠叔是不是沒時間除草啊？
我就想說讓它們自然發展啊。
既然土地不排斥長出什麼，
老天爺自然會決定留多少給我們。

吉誠叔，我幫你拍張照PO文。
吉誠果園
雜草叢生的果園。因為我沒灑農藥。歡迎訂購
來，一、二、三！
用九柑仔店
啊——那些紅柑看起來好好吃喔。
哇！吉誠叔變好帥——陽光大叔。

請勿擠压
不然會變果汁!!
感謝!!
如果說，這世上真有精靈，
其中有一位一定是
頂個小平頭，時常傻笑，
名字就叫做兩金。

唔！這是？
嘿嘿！書袋呀！
送給來上課的小朋友。
噹啷！有沒有漂漂可愛呀！
朋友畫的插畫，我把它拿來做成袋子！
你覺得好看嗎？
滿好看的，很別致。

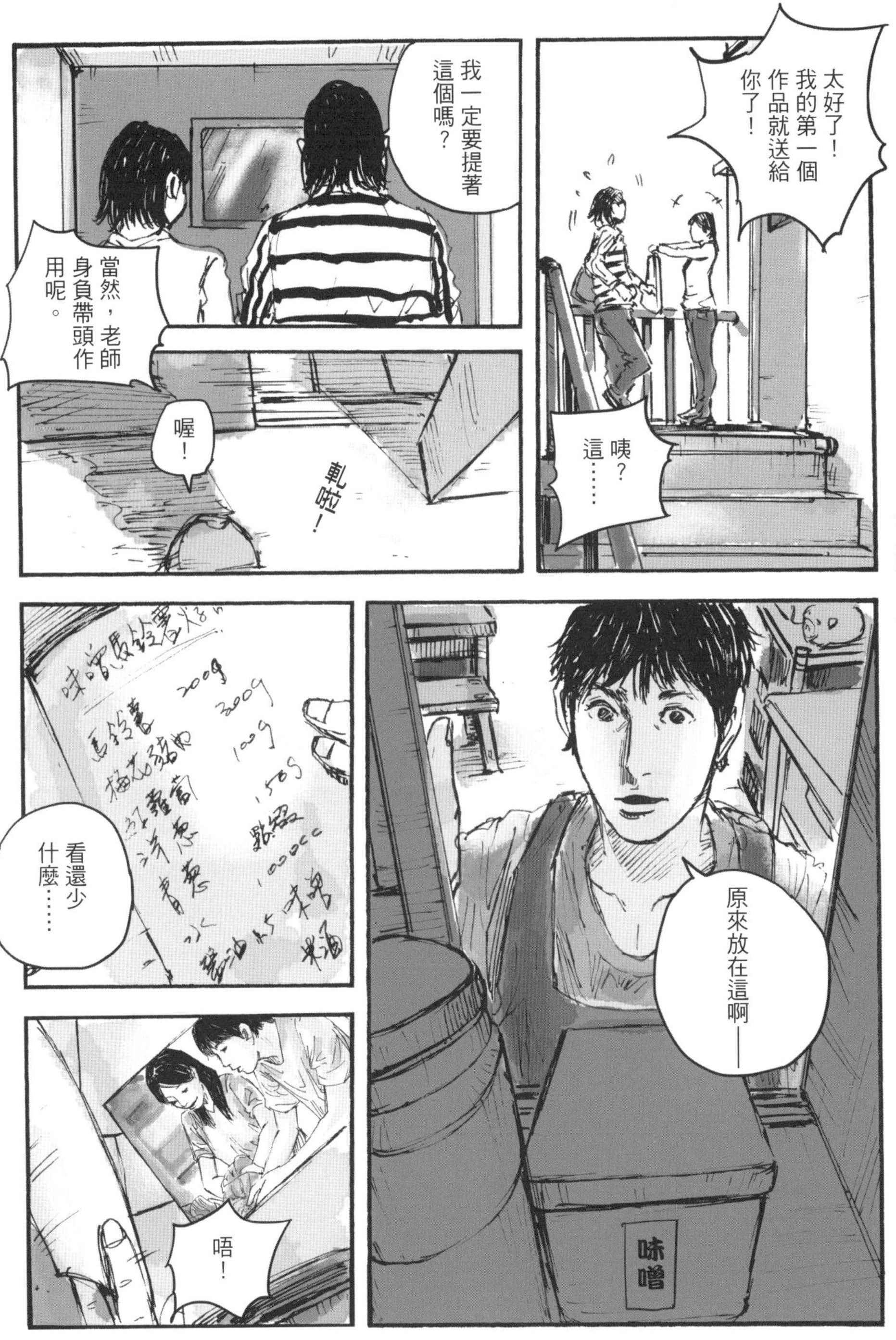

太好了！我的第一個作品就送給你了！
咦？這……
我一定要提著這個嗎？
當然，老師身負帶頭作用呢。
喔！
軋啦！
原來放在這啊——
味噌
看還少什麼……
唔！

她把追風俠在颱風那晚拍的照片
洗出來了啊……
用九商店
◎菸酒批發零售◎日常用品批發零售
◎菸酒零售◎乙類成藥零售◎餐飲
(05)5325659
雲林縣斗六市嘉東里嘉東中路20號
107年
二月
14
星期三
農曆十二月二十九日
好希望她能回來
一起過年……

拉吉，你懂什麼叫孤單寂寞嗎？
沒錯！就像我現在這樣，跟一個撲滿在聊天！
拉吉你好！我是剪刀變形小兔兔……
一個人玩影子遊戲！
全去走春，剩我一個。春天有什麼好走的……
嗚——我在幹麼……

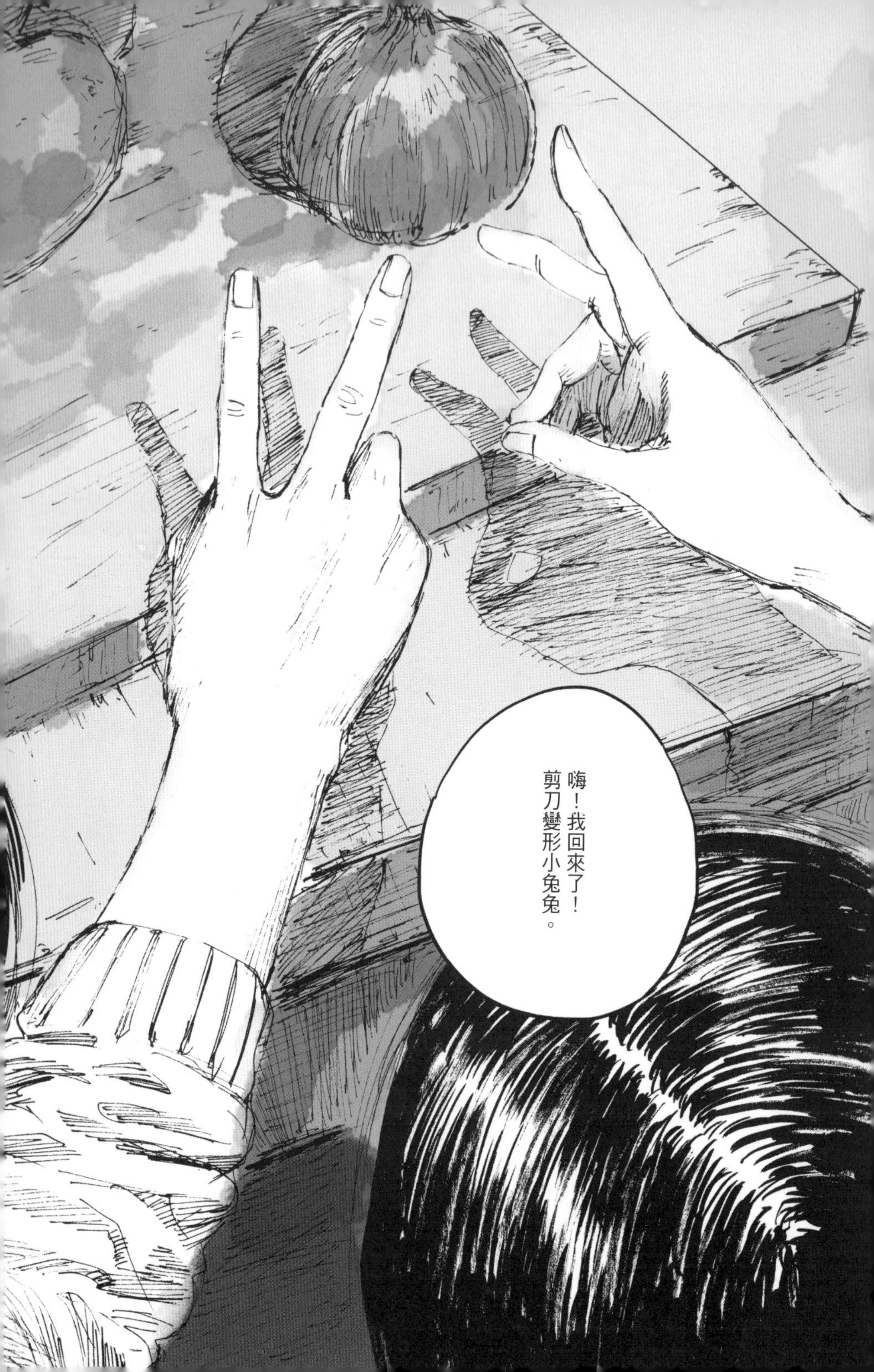
嗨！我回來了！
剪刀變形小兔兔。

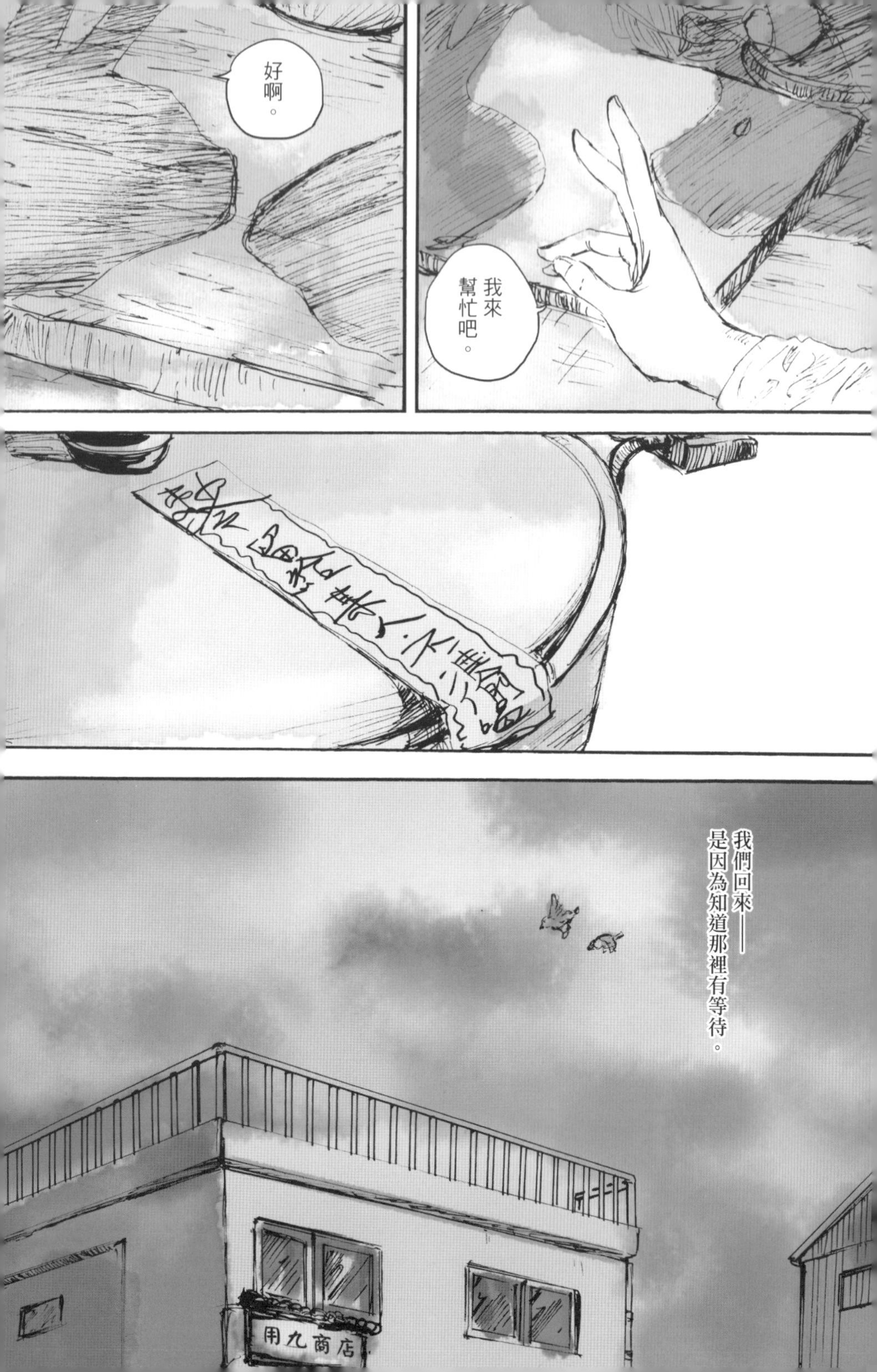
我來幫忙吧。
好啊。
我們回來——是因為知道那裡有等待。
用九商店

如果沒記錯，我的曾祖母的名字叫做楊瑾，民國前二年生，但我不確定瑾是玉字旁還是木字旁。她嫁了兩任老公，兩任都早一步乘雲做仙去，孤單是沉重的，日積月累的，她的背也駝了。她出門總是把我幼時乘坐的藤編嬰兒車當作助行器，輪軸生鏽發出「嘎嘰、嘎嘰」聲，藉由聲響的遠近可以去分辨她是回來還是出去。甚至在她過世頭七的晚上，妹妹和我都有聽見嬰兒車的「嘎嘰」聲逐漸接近窗邊，停留了一會再逐漸離去，我和妹妹互看，誰都沒有勇氣去窗前確認。

會提到曾祖母是因為錄音帶。她在世時一定是滿腹委屈，所以見到什麼都可以念，什麼都可以罵三字經，餵雞罵，煮飯也罵，就連在路中間冒出的野草，她也能邊拔邊咒罵。每天，當我媽坐在針車做家庭手工，我坐在針車前方幫忙剪線頭時，她就會拿張椅子，開始把不滿從心頭傳到喉頭經過嘴巴碎念咒罵出來，內容大多是重複的事。我媽也是天才，有次就把曾祖母的咒罵碎念全程錄音；隔天，她坐穩板凳準備開口時，我媽就說：阿媽妳等一下，接著她就按下播放鍵。一開始阿祖還很認真聆聽到底是什麼，當她聽到錄音帶放出來的是她昨日的重播，「幹拎鄒罵咧～」她笑咪咪的臉，五官全皺在一起，當日她公休一天。雖然都是繫在同一件事情上，但是每個人的回憶都不一樣：我媽記得她按下錄音鍵，曾祖母記得我媽的淘氣，我記得曾祖母笑咪咪的罵三字經。

也許你會認為牽強，不過我覺得錄音帶的供帶輪和緊帶輪在播放時像輪胎，只是它的前進是在原地，但就某個層面來說，它並沒有留在原地，因為也許一首歌、一段錄音就能把我們的心思帶到遠方。在第四話倒數第二頁，昭君確定離去，可是在分鏡上，我讓錄音帶先出現，藉由錄音帶轉動時播出的那首歌，傳達她的心是逐漸靠近了俊龍，然後下一格車子輪胎的轉動，也的確帶著她前往某地。這樣算不算是真的行進，我很難去定義。不過，我認為還有其他事情也類似這樣的原地行進，寫字是，畫畫也是，做任何靜止的創作都是。在這裡要感謝編輯提出〈惡水上的大橋〉，因為本人真的不太聽歌，而這首歌在建構昭君和俊龍的關係上實在是畫龍點睛了，他們內心都有個需要跨過去的彼岸——兩人都是關於父母。

這集這樣的處理，對於有所期待的讀者來說不知好不好，我一直很擔心流於可預期的模式，但又很難不流於模式，這讓我非常的痛苦。如同在卷軸迷宮遇到叉路，創作也難免迷惘，據說人愁苦時就是在思考解決問題的方法，找到方法就有所成長，不過成長的定義也很模糊。比較確定的是，至少我清楚自己還站在卷軸上，沒有離開或許也算是種成長吧，我這麼想。

我期許自己盡量做到在既有的琴鍵上彈奏出不太乏味的音樂，在同樣空白的Ｂ４紙上畫出讓大家覺得還滿有趣的漫畫卷軸迷宮。

嘖！
姓名貼紙是買給你貼文具的耶。
有啊，我連課本都貼了，還剩很多。
不會留著等下學期用喔——暈倒。
準備吃飯了唷！
好！
唔？

妳也知道我剛剛唱的這首英文歌嗎？
阿順，來幫我搬桌椅。俊龍去洗手，準備吃飯了。
嗯，聽過……
我爸唱的很難聽對吧——
吃飯，吃飯。
這是新口味喔，給妳。

呃——可是……
沒關係。我也是偷拿的，嘿嘿嘿！
俊龍！快來吃飯！
來了！
CHOCOLAT
給妳兩個讚！選這就對了，教會小朋友一定超愛的！
喔喔！
妳拿些不同口味的，這個餅乾也多帶幾包去。
這樣夠了啦——

Taiwan Style 51

用九柑仔店 ③迷宮的抉擇

Yong-Jiu Grocery Store vol.3

作　　者／阮光民

編輯製作／台灣館

總 編 輯／黃靜宜

主　　編／張詩薇

美術設計／丘銳致

行銷企劃／叢昌瑜

發 行 人／王榮文

出版發行／遠流出版事業股份有限公司

地址：台北市 100 南昌路二段 81 號 6 樓

電話：（02）2392-6899

傳真：（02）2392-6658

郵政劃撥：0189456-1

著作權顧問／蕭雄淋律師

輸出印刷／中原造像股份有限公司

□ 2018 年 1 月 1 日　初版一刷

□ 2020 年 11 月 25 日　初版四刷

定價 240 元

ISBN 978-957-32-8194-8

YL 遠流博識網 http://www.ylib.com E-mail: ylib@ylib.com